怪谈

神坐山物语

[日] 浅田次郎／著

张琰／译

天津出版传媒集团

天津人民出版社

图书在版编目（CIP）数据

怪谈：神坐山物语 /（日）浅田次郎著；张琰译
. -- 天津：天津人民出版社，2018.7
　ISBN 978-7-201-13600-4

　Ⅰ.①怪… Ⅱ.①浅… ②张… Ⅲ.①长篇小说 – 日
本 – 现代 Ⅳ.① I313.45

中国版本图书馆 CIP 数据核字 (2018) 第 121721 号

著作权合同登记号：图字 02-2018-195
KAMIIMASU YAMA NO MONOGATARI
© Jiro Asada 2014
All rights reserved.
First published in Japan in 2014 by Futabasha Publishers Ltd., Tokyo.
Simplified Chinese translation rights arranged with Futabasha Publishers Ltd.
through YOUBOOK AGENCY.

怪谈　神坐山物语
GUAITAN　SHENZUOSHANWUYU

出　　版　天津人民出版社
出 版 人　黄　沛
地　　址　天津市和平区西康路 35 号康岳大厦
邮政编码　300051
邮购电话　（022）23332469
网　　址　http://www.tjrmcbs.com
电子邮箱　tjrmcbs@126.com

责任编辑　赵　艺
装帧设计　新艺书文化

制版印刷　三河市华润印刷有限公司
经　　销　新华书店
开　　本　880×1230 毫米　1/32
印　　张　7.5
字　　数　180 千字
版次印次　2018 年 7 月第 1 版　2018 年 7 月第 1 次印刷
定　　价　42.00 元

1

日本，国名意为"日出之国"， 位于亚欧大陆东部、太平洋西北部，由北海道、本州、四国、九州四个大岛及7200多个小岛屿组成，因此也被称为"千岛之国"。同时，日本也是一个多山脉少平原的国家，山地和丘陵占总面积的71%，成脊状分布于日本的中央，而且大多数山为火山。因此，日本的国土森林覆盖率高达67%。

在日本众多的山脉之中，富士山是重要的国家象征，在全球范围内都享有盛誉。它是日本的最高峰，海拔3776米，被日本人尊称为"圣岳"，是日本最著名的旅游景点。

除富士山之外，还有大大小小、成百上千座山脉，御岳山就是其中之一。与大名鼎鼎的富士山相比，御岳山的名气显然小了不少。它地处日本中部本州，位于多摩川上游，属于秩父多摩国立公园，海拔 3063 米，是一座复合型的火山。

"说起来，这座山跟木曾的那座御岳山毫无关系。此山位于东京都西部的奥多摩地区，这里有一个从太古时期就镇守于此的神社。"浅田次郎在书中如是道。

御岳山的海拔高度以及受欢迎程度，在日本仅次于富士山，自古以来，它便被人们奉为"神域"，是神明们居住的圣地。在这里，繁衍着一百多种野鸟，生长着一千多种植物，野生动物的踪影随处可见。高大的山脉，密布的树林，陡峭的悬崖，涓涓的溪流，巨型的岩石，古老神秘的武藏御岳神社，年复一年在山里举行的各种大型祭祀活动……鬼斧神工的大自然杰作以及人文环境的浸染，在众多因素的齐力影响之下，每年，御岳山都会吸引大批朝拜者和游览者上山。

2

自古以来，人们便相信万物皆有灵。日本信奉的神道教中，八百万神明居于神界，世间万物皆由其掌管。而神社则是供奉与祭祀各路神明的地方，也是神明居住之地。它是日本宗教建筑中的最古老、最具代表性的类型，是日本民族文化不可或缺的组成部分，在日本人心目中占有重要地位。他们每年都要前往神社朝拜，向神明许愿、求签，希望在神明的庇佑下，全家和睦，身体康健，净化心灵，达成心愿。

御岳山，自古便是人们信仰中的灵山，它是神明们居住的地方。在海拔 929 米的山顶附近，历史悠久的武藏御岳神社便坐落其中，环绕其四周的，便是至今依然保留着茅草屋顶的僧房。还有提供给前来参拜的神官或者信徒们住宿的斋馆。这座神社历史悠久，是日本屈指可数的国家级古老神社之一。根据社谱，第十二代景行天皇统治时期，日本武尊东征的时候曾把武器藏于此山，所以起了"武藏国"这个国名。这也是神社的由来。也就是说，这间神社从神话时代就已经存在。在神社的宝物殿内，收藏着堪称"国宝"级的红线威大铠等珍贵文物。

每年，武藏御岳神社都要举办各种祭典。日出祭，则是武藏御岳神社所举办的祭典中地位最高、影响最大的祭典。相传在很久以前，神社为了迎接进入山中灵场修行的修行者，会在每年的 2 月 8 日日出之时举办祭典，所以被称之为"日出祭"。后来由于地震的缘故，改为每年的 5 月举行。每年的这几天里，御岳山的游客和参拜者都络绎不绝。

在正式祭典的前一天，神社还会在日落之时举行"宵宫祭"，神官们正装出席，伴随着古典雅乐和昏暗的灯光，整个祭典显得庄严肃穆，奇幻而又神秘。此外，御岳山还是日本稀有的莲花升麻生长之地。这是一种浅紫色的鲜花，娇艳奇异，很受欢迎。因此，每年神社还会举办"莲花升麻祭"。在拥有数百年历史的僧房里，感受山中万物的奇妙变换，欣赏平原之处看不到的关东夜景，御岳山就是如此充满着令人心灵祥和的魅力之地。

3

浅田次郎，原名岩田康次郎，生于东京，日本当代最有天分的小说家之一。

作为神官的后裔，浅田次郎的老家，便在这座神秘美丽的神山之中。

"山，也就是母亲的老家。母亲的老家在海拔一千米的山顶，用'山'来称呼老家，是我们一家人多年以来的习惯。母亲的娘家人世世代代都在山里当神官，同时家里也经营着宿坊。这里虽说处于东京都内，但是却是常人完全无法想象的世外仙境。听说，母亲的先祖在德川家入封关东前一直在熊野修行，奉命来到御岳山后，便一直担任神社的神官。到舅舅这一代，已经是第十九代了。"

幼时，浅田次郎跟随母亲一同前往御岳山的外婆家中，听说了很多关于大山深处稀奇古怪的故事。这些故事里，有从姨母那里听来的流传于神社之间的古老怪谈，还有一些在飞速发展中的文明都市中渐渐失传的志怪故事。它们真实又刺激，恐怖而神秘，给年幼的浅田次郎带来了深远的影响。

高中毕业后，日本著名作家三岛由纪夫自杀身亡，受这一事件的影响，浅田次郎加入自卫队。期满退役后，他换了多种不同的工作，历尽艰辛。坎坷丰富的生活经历，给他的创作带来了无穷无尽的灵感来源，也赋予了他的作品细腻丰厚的情感。四十岁时，浅田次郎初次发表《被拿到还得了》，崭露锋芒。1995年，他创作的《搭地铁》一文，又获得"吉川英治文学新人奖"。1997年，《铁道员》一文刚发表便引起强烈反响，浅田次郎更是因此获得了日本文学大奖"直木赏"，从此他登上了文学创作的高峰。随后，《铁道员》被拍成电影，他的名字被更多人所熟记，也因此奠定了他在日本文坛中的地位。

"随着年纪的增长，我的孤独感越发强烈。这种孤独感并不是因为家庭的原因，而是因为我自己的这种能力的存在。随着年龄的增长，这种能力不断加强，我也越发不能以常人的眼光来看待这个世界。所以，直到现在我都不相信那些以这种能力赚钱吃饭的人。不管是后天获得的也好，先天拥有的也罢，拥有这种能力的人，本身对这种能力都是非常恐惧的，于我而言更是如此。"

在他的笔下，人们总能通过外在的表象直抵灵魂，叩问人性——

"应该有的东西你没有，这是一种不幸。那么，拥有不该有的东西，那简直就是要命了。"

"死亡一点都不可怕，人们之所以会感到恐惧，是因为面对未知的事物，是因为不知道自己将何去何从，只是这样而已。其实，真正要面对的只有少的痛苦，以及与所爱的人暂时分别的心伤，如搬家一样。"

他的文字看似平淡温和，实际上饱含情绪，如细水长流，缓缓将情绪注入每一个文字之中，让人读完以后灵魂深处产生强烈共鸣——

"生命不仅仅是父母给予的礼物，更是连接古时与今朝的纽带，从而才形成了我们这副肉身。"

在他的笔下，不论主人公是生活于市井之中的平凡小人，还是身居要职、只手遮天的权贵，都能在浅田次郎细致深入的描写之下，赋予灵魂，刻画得入木三分。

同时，浅田次郎还表现出对中国文化的强烈兴趣，司马迁是他最崇拜的中国作家之一。"中国历史上典籍浩繁，丰富多彩，对于日本小说家来说，有巨大吸引力。我要用我的文字来描写中日近五百年来的历史，这是我作为一个作家的使命。"或许，这才是"直木文学奖"获奖作家真正的魅力所在吧。

目 录

第一章

归天的舅舅

1

在我上小学的时候，舅舅去世了。

舅舅是母亲的长兄。母亲和父亲分开以后，独自辛苦抚养两个孩子，舅舅是她唯一的依靠。

舅舅是奥多摩山中一间神社的神官。这也就是说，我的身体里有一半流淌着世代相承的、那一腔侍奉着神灵的血液。

在下町（日本贫民区）那间简陋的小屋里，收到舅舅去世的电报之前，我已经知晓了这个噩耗。

那是在一个寒冬的清晨，残月将落，天际微白。正在睡梦中的我被一阵呼唤惊得猛然坐起，我侧耳细听，发现那人居然喊的是我的名字。

我立刻从床上跳了起来。

此时的房间里再无别人，我匆匆下床，推开门走了出去。我家住在一栋寒酸公寓楼里，那栋楼相当古老，每层楼都有一条长长的过道，过道边上，是一格一格的小单间。刚才那一阵如耳语般的声音，正是从回廊下面中部那段楼梯处传来的。

这么一大早，舅舅怎么会过来？我狐疑着。

"满洲事变"（九一八事变）以后，舅舅便投身军营，长期担任陆军军官一职。复员后，他又重新当起了神官。在部队历经长期的呐喊训练和祭祀祝词的熏陶，舅舅早已拥有了一副洪亮的嗓门，每每说话吐字一音一顿，中气十足。

我从栏杆的缝隙中探出头来，向楼下看去。公寓内的台阶和小学里的一样，比较宽，还有一个休息平台。

"嘘，大家还在睡觉呢。"我望着漆黑的楼梯说。

然而，舅舅的声音并没有减弱，他在黑暗的深处又一次大声地呼喊着我的名字。

楼梯上只有如萤火般的常夜灯，光线昏暗，我看不清想看清的地方。

然而黑暗中的舅舅似乎看到了我，一步步地朝我走来，漆黑如油墨般的地板发出"嘎吱嘎吱"的声音。

我隐约感觉到事有蹊跷。

舅舅仍然是一副神官的打扮，穿戴着主祭神官的衣冠，但是身上的衣服却是灰色——这种颜色，是神官在主持或者操办丧事的时候才会穿在身上的禁忌之色。此外，他的双手中恭敬地捧着的既不是玉珠串也不是币帛，而是一个用白布盖着的盒子。

伴随着浅浅的脚步声，舅舅一步一步地走了上来，然后在休息平台处停住，抬头向我微微一笑。

舅舅五十出头，正值壮年，身体也一直十分健康。虽然很意外，但是如今我清楚地意识到，舅舅已经死了。他是因为舍不得年幼的妹妹，魂魄特意前来告别的吧？

"去见一下母亲吧。"我恳求道。

舅舅就这么望着楼梯上的我，轻轻地摇了摇头。

"为什么？好不容易来了。"

舅舅只是微笑着沉默。接着，他又捧起了白色的盒子，迈着缓缓的脚步，一步一步地走下了楼梯，灰色的外衣被弄得沙沙作响。

我当时并不明白为什么舅舅的魂魄来了这里却不去见母亲，而是挑中我这么一个外甥进行告别。

这个问题的答案，直到数年以后我才知晓。虽然不是经常性的，但有时我会看见一些别人看不见的东西，听到一些本不应该听到的声音。尤其在与人的生死相关的事情上，这个能力更加敏锐。

所以，回想起来，舅舅那天早上虽然是来告别的，但是母亲和哥哥看不到他，所以他只能叫出我这个能看见的人，进行一场无言的相见。

舅舅为人严谨而不多言，品性高洁。

我确信自己当时不是在做梦，也不是幻觉，所以十分肯定舅舅已经去世了。舅舅走后，我回了房间，把自己深深地埋在被子里，但是却再也睡不着。

一夜未眠的我终于迎来了第二天的清晨。一家人围坐在一起吃早饭的时候，我一言不发、闷闷不乐，母亲和哥哥都十分纳闷，担心我是不是身体有恙。

不一会儿，电报来了。

母亲的脸色立刻变了。

"山里的大哥病了，我得过去一趟。"

山，也就是母亲的老家。母亲的老家在海拔一千米的山顶，用"山"来称呼老家，是我们一家人多年以来的习惯。

母亲握着电报向公用电话跑去。那个年代电话尚未全面普及，所以家里无法拨打长途电话，母亲应该是往离家最近的电话亭奔去吧。

"救护车开到索道下面，把你们的舅舅接去青梅的医院了。放心，一定没事的。你们都去学校吧，妈妈去看舅舅。"

母亲回来的时候虽然嘴上这么说着，但我却并不相信，因为舅舅在今天早上分明就已经和我告别过了。

我想，母亲之所以这么说，要不就是因为老家的人在自欺欺人，要不就是怕我们担心所以说了谎。

舅舅已经去世了。或者说，就算舅舅依然一息尚存，灵魂也已经脱离本体，游离在外了。

今天早晨发生的那件事，我再三犹豫要不要告诉母亲，但是每次话到了嘴边又咽了回去。

"太好了，舅舅的性命没有大碍了。"已经上中学的哥哥说道。哥哥的学习成绩非常好，但他却没有我这种能力。

到了学校以后，我一直闷闷不乐，早操和上课的时候都心不在焉，感觉空荡荡的。我既因为舅舅的死而感到悲痛，又总是觉得传达室会有电话打过来通知我什么事情，这让我觉得特别不安。

焦虑不安了很久之后，该来的终究还是来了。

下午，讣告传来了。母亲打电话到学校，为我请了丧假。

按照母亲的转述，舅舅的遗体明天会在青梅的镇上火化，接着把骨灰带回山上。后天灵前守夜，大后天举行葬礼。

"身体不舒服吗？"班主任问我。他一定是看到我从早上开始便郁郁寡欢。

虽然说不上为什么，但是我心里明白，让我焦躁不安的并不是舅舅的身体，而是等待噩耗的传来。

当时的社会环境下，离婚都很少见，更别说像我母亲这样，一人独自抚养子女长大。因此在学校里，我属于特殊家庭里的孩子，班主任总是特别照顾我，对我格外关心。

虽然班主任说有什么事都可以跟他商量，但他是一个虔诚的基督教徒，若是跟他说我一大早看见了舅舅的魂魄，如此灵异的事情想必他也不会相信吧。

随着年龄的增长，我的孤独感越发强烈。这种孤独感并不是因为家庭，而是因为我自己的这种能力的存在。随着年龄的增长，这种能力不断加强，我也越发不能以常人的眼光来看待这个世界。所以，直到现在我都不相信那些以这种能力赚钱吃饭的人。不管是后天获得的也好，先天拥有的也罢，拥有这种能力的人，本身对这种能力都是非常恐惧的，于我而言更是如此。

应该有的东西你没有，这是一种不幸。那么，拥有不该有的东西，那简直就是要命了。

2

自古以来便具有"灵山"之称的武藏御岳山，有多少人知道呢？

从字面上来看，很多人会把它念作"ONTAKE"。在冲绳已经成为旅游胜地的今天，也许还有人将它读作"UTAKI"。

事实上，"御岳"是对灵山的尊称。但是，或许是为了不和木曾的"御岳（OTAKE）"混淆，人们特地把它的读音读作"MITAKE"，又加上了一个"山"字进行区别，并冠上国号"武藏"，方便其他人更明确地将二者区分开来。

说起来，这座山跟木曾的那座御岳山毫无关系。此山位于东京都西部的奥多摩地区，这里有一个从太古时期就镇守于此的神社。母亲的娘家人世世代代都在山里当神官，同时家里也经营着宿坊。这里虽说处于东京都内，但是却是常人完全无法想象的世外仙境。

听说，母亲的先祖在德川家入封关东前一直在熊野修行，奉命来到御岳山后，便一直担任神社的神官。到舅舅这一代，已经是第十九代了。

与之相比，神社的历史更加悠久。根据社谱，第十二代景行天皇统治时期，日本武尊东征的时候曾把武器藏于此山，所以起了"武藏国"这个国名。这也是神社的由来。也就是说，这间神社从神话时代就已经存在了，我的祖先完全属于后来者。

但是，我的祖先既然是德川家康的御用神官，拥有灵力这一点就是毋庸置疑的。祖先们也一直用这种神秘力量来招魂驱邪，这些都是家传秘术，代代相传。我的外祖父是入赘的，没有灵力。但我的母亲曾目睹她的曾祖父在她面前施展各种神秘法术，至今依然记忆深刻。

收到舅舅讣告的第二天，我和哥哥便前往御岳山。

由于祖父和曾祖父都很长寿，所以舅舅突然离世让大家都感觉很意外。而作为家族继承人的舅舅的长子，我的表哥，此时还在国学院大学的神道专业学习。

立川车站的月台上，高大的美国士兵随处可见。我们坐上青梅线，沿着多摩川的溪谷缓行，在山脚的御岳站下车后，又转乘大巴和缆车，再爬三十分钟左右的山道，才总算到达母亲的老家。

在电车上，我想起了一些事情。

按照计划，舅舅的遗体是要在青梅镇上火化的，然后再把骨灰带回山里吊唁。但是，山上一直以来都没有火葬的惯例，祖先们世世代代都在奥津城举行土葬。在我还未懂事时便已去世的外祖父也不例外，死后被葬在那里。

然而，这时毕竟是昭和三十年代中期了。舅舅死于山下的医院，或许法律上还有什么规定。不管是什么原因，总而言之，舅舅成了家族里第一个被火葬的人。

回想起来，当天以神官打扮的尊贵模样前来跟我告别的舅舅，当时手里正是捧着一个白布盖着的盒子。原来那天，他是抱着自己的骨灰盒来跟我告别的。

那一日的御岳山显得格外寒冷。葱郁的杉树林被大雪冰封，冰冷的碎片散落一地。

3

说起来，舅舅的死，在他还健在时，便早有征兆。

那应该是前年的夏天，我坐在院子的前院回廊里发呆。数十年难见的炎热，让远在山中避暑的我都感受到了浑身的不快。即便已临近黄昏，纵算是趴在原本应该清凉的门前木廊上，我却仍然感到了阵阵闷热。天黑得晚，蝉鸣声在树林中此起彼伏。

在紧张忙碌而又狭窄拥挤的都市里，小孩子是不可能有这样什么都不做、什么也不想、就这么坐在那儿发呆的生活的。所以，每次放假的时候能去母亲的老家玩耍，对我来说简直就是天大的喜事。那时候我便经常这般发呆，跟那些山里的神仙一样，过着懒散而快乐的生活。

回廊前的院子，宽阔得能容得下一个年级的小学生做早操。再往前走，是多摩的有钱人捐建的漂亮的长屋门。推开沉重的大门，一条两旁直立着杉树的小路豁然映入眼帘，一直延伸到神社。

一切都宛若电影里的场景。

我总觉得，在外祖母家大门外等待从神社回来的舅舅的感觉，跟在家里等待着从公司下班回来的父亲一样。尽管舅舅和父亲的年龄、性格都大不相同，但不知为何，我却总觉得他们很相似。严谨而又宠爱我的舅舅，对我来说，正是我心目中理想父亲的样子。或许舅舅本身就拥有着我理想中父亲该拥有的一切品格吧。

日暮西沉。在舅舅从神社回来之前，我必须把屋子里的所有卷帘和窗户都关好。

忽然，从小路的尽头走来两只大狗。一只通体雪白，一只如夜般漆黑。

"啊，是狗公。"我一惊，瞬间猜到了它们的来头。

传说，在两千多年前，日本武尊在东征的时候曾经在山上迷路，全靠一黑一白两只猎犬一路引路，最终才找到了方向。在御岳山，也有人说亲眼见过狗公，山里一直流传着各种关于狗公的传说。

传言的真伪先不考究，我是一直深信狗公的存在的。所以，即使见到这种只有在传说中才存在的生物，我也只是像见到鹿或者猴子之类的动物一样，并没有很兴奋。尽管这种事情很罕见，但也仅仅只是罕见而已，不代表着见不到。说起来，关东一代最广为人知的御岳山神符，符上画着的正是狗公。这一回，我觉得自己运气真好，遇到了画中的原型了。

狗公在门前并排站着，稍微盯着我看了一会儿，便朝着杉树林立的房子内侧的陡坡急速跃出，然后消失了。

接着，穿着白色净衣、浅葱色筒裤的舅舅从神社回来了。

"舅舅，刚刚那个是狗公吧？"我指着舅舅刚刚走过的小路说。

一边摸着胡子一边快进门的舅父，听了这话，赶紧又折返了回来，抚着胡须看了看我。

"不就是在刚才舅舅您回来之前溜走的吗？"我并没有在意。

突然，舅舅吃惊地瞪大眼睛。

"你，看到了？"

"嗯，一白一黑。往那边石阶走了。"

舅舅回到门外，凝视着笼罩在暮色中的森林，恭恭敬敬地行了一个严谨的叩拜礼。

蝉鸣声从树叶的缝隙间不断地透出，回响在整个山谷中。

舅舅和我一起坐在走廊下，压低声音说："刚刚的事情，不要跟任何人说哟。"

"为什么？"

"看见了狗公，如果说出去的话，会遭天谴的。"

我显然不明白舅舅为什么要这么说，于是反驳道："可是，那些看见过的人都说过啊。"

严格来说，作为神的使者，狗公的出现肯定不会带来什么不吉利的事情。在这里，即使是常人最为恐惧的死亡，也都被视为归天成神的大好事。

"那是因为他们实际上都没见过，不是真的当然就不会有惩罚了。但是你是真的看见了，说出去的话就会有很恐怖的事情发生。明白了吗？"

可能那个时候舅舅便已经意识到自己的命运了。我想他是为了不让家人担心，所以才要我缄口不言。这样看来的话，狗公一直黏着舅舅，也是有道理的。

我不知道舅舅是否拥有我们家族世代相传的灵力，现在也不是流行镇魂术和驱狐术的时代了。但是，作为入赘的女婿，外祖父没有这种灵力，但是舅舅依然可以从外祖母那里继承到这种能力。如此一来，这种力量又通过母亲遗传给我，也就不是什么奇怪的事了。

舅舅有两个姐姐和五个弟弟妹妹。那时候，一到暑假，外祖母家总会迎来一帮前来探亲的侄子、侄女、外甥、外甥女，宽敞的房子变得特别热闹。但不知道为什么，我总有很多跟舅舅独处的记忆。那时候我们并没有多说什么或者做什么，而是一起坐在回廊上，朝东眺望着一望无际的关东平原，或者在庭院里仰望漫天的繁星。很多地方，都有我和舅舅两个人在一起发呆的记忆。

不管怎么说，在我看到狗公的那年冬天，舅舅没有留下任何遗言就走了，就好像是被一种看不见的力量给抽去了生命力，慢慢地失去活力，然后死去。

4

我和哥哥回到老家的那天傍晚，舅舅的骨灰被接回来了。葬礼的准备工作尚未完成，大家一片慌乱。

来参加葬礼的人们并没有表现出过多的哀叹和悲痛，一来是因为舅舅走得太急太突然，大家的震惊超过了悲哀；二来从神道教的角度而言，死去并非是离开，而是成为神灵的开始。

事实上，真正让每一位来参加追悼会悲痛叹息不已的，是舅舅的遗体必须要一反祖例，被火化至灰，装入那个小小的盒子之中。

前来参加葬礼的人都在大门口的式台和走廊上正襟危坐，等待着送葬队伍的到来。

有线电话铃声不断响起，通报着送丧队伍的具体位置。家里的佣人不断地在走廊上来回奔跑，把消息传到内屋。山上没有地名，只有沿着参道修建的三十多家以神职为雅号的房子。而现在，这些房子的名字已经成为通信交流的工具。

所以，如果不是在山里土生土长，是听不懂送葬队伍的位置到底在哪里的。

和正统的棺木比起来，骨灰盒当然是要轻了许多，可这并不意味着送葬的速度会比从前快，事实上，长长的队列从山下走到山上，花费的时间仍是一样的，不论手里捧着骨灰盒还是肩上扛着棺材。

等得有些不耐烦的我趁着去厕所的时候穿着木屐溜出去了。整个房子笼罩在一片白茫茫的雾气之中。

御岳山的山路上往往会起着浓雾，因此上山路也被称为"雾之坡"，算是御岳山的一大名景。背后耸立着的是大岳山和御前山，前面更是有云取山和大菩萨岭相连接。这样的地形，不管是什么季节，只要到了傍晚，雾气就像两双白色的翅膀似的，把整个山都包裹起来。

我蹲在御坂坡的里门的石墙边，等待着送葬队伍到来。

很快，从林子的深处传来挥舞铜铃的声音，还有很多衣服摩擦的声音。虽然并没有看到队伍，但我知道，那就是传说中的送葬队伍。

当他们从雾色中走出来的时候，我被眼前的景象惊呆了。

神官们都戴着黑色的帽子，穿着素色的丧服，手里拿着杨桐枝、御币、笏等，一切都像是从雾中生出来似的，突然出现在我的面前。

这和我一直以来所知道的送葬形式完全不同。不，不仅仅是形式不同。在神山人民的信仰里，是没有死这一概念的。舅舅是神官，他不是死了，而是变成了神。

送葬队伍静静地、慢慢地从雾中出现，又消失在了雾里。而且，没有任何一个女人的身影。

为首的那个神官手里拿着弓，身后背着箭筒，里面放着破魔箭。他身后的那人，则捧着一个被白布包着的盒子，里面正是舅舅的骨灰。抱着骨灰盒的人我认识，他是山上的神官，从很早就入赘了大户之家，后来继承了大业，成为神官。无论是抬棺还是捧骨灰盒，其必定与死者关系非常亲近。

这个神官的穿着，和舅舅那天来和我告别时穿的一样。他表情凝重，庄严地捧着舅舅的骨灰盒，骨灰盒也盖着白色的布，在白雾中尤其显眼。

舅舅会被火葬然后接回来，这件事，他已经提前告诉我了。但是，为什么他要提前告诉我呢？

当时的我，总觉得之后会发生什么，但到底是什么，却并不知道。

然而，这种未知的迷茫并未持续太久。

送葬队伍过去之后，没过一会儿，舅舅出现了。

他走在队伍的最末端，穿着和送葬神官一样的丧服，所以一开始我没能认出来是他。然而，生者和死者身上的气息还是很不一样。送葬的神官们并没有看过我一眼，而舅舅手里拿着笏，非常悲伤地看了看我。

我立刻明白了他的意思。

虽然正值壮年便抛下幼子骤然离世这件事让人觉得颇为遗憾，但由于是"变成神"，所以舅舅并没有什么怨言。真正让他介意的，是他归来时已经被火化，成为一捧骨灰。

舅舅以前绝对不是一个思想板正、冥顽不化的人。甚至可以说，他是一个喜欢新事物的人。随着时代的变迁，从土葬变成火葬，对于舅舅来讲，亦不是什么绝不能接受的事物。

让他伤心的，是对于代代相传的"山里出生，传承神职，回归大地"的理念，在他这一代被颠覆了。对于一个侍奉神灵的人而言，这不仅是一种悲哀，甚至还带一丝羞耻。

舅舅的灵魂追着骨灰盒而去，消失在了大门口。太鼓发出阵阵低沉的响声，宣告着亡者的归来。

终于，从雾色中出现了女性的身影。

山里的神官们几百年来都奉行着不和外人通婚的习俗，如此反复，最终其实也就成了近亲结婚。或许是这个原因，神家的女眷们都宛若一个模子里出来的，普遍都很美，再加上她们都生活在有着层层森林包裹、远离日晒的山里，皮肤显得特别白皙。

女人们提起丧服的下摆，露出小腿，正一步一步地从台阶上走来。

经过里门的石墙的时候，母亲发现了我，自然又把我臭骂了一顿。虽然我有自己的理由，但是却无法告诉她说我是被舅舅叫出来，迎接他的。

"算了，别生气了，家中的小儿子不都是最淘气的吗？"母亲身旁的一个女人劝道。

5

外祖母家的房子大得离谱。每年寒暑假，都会有一大帮亲戚家的孩子聚集到一起。

通常来讲，在那个时代，一群孩子在一起最好的游戏当属捉迷藏，可在外祖母家，这却是禁忌。因为这屋子太大了，传说很久以前，曾经发生过捉迷藏的孩子玩着玩着就真的再也找不到了的事件。至于那个孩子到底去了哪里，有人认为是天狗干的，也有人认为是其他妖魔的罪行。总之，这屋子真的是大到了危险的程度。

外祖母家本来就经营着那些参拜团体住的宿坊，一楼是一百叠以上的大殿。登上楼梯以后，在半间宽的走廊两边，排列着用宣纸隔开的房间。

大殿北面的角落里，是用柏木大门关起来的庄严神殿，叫作"御神前"。舅舅在世的时候，每天一早就做好御食，拿到御神前，开始执行一天的神事。

守灵日一般来说应该是在第二天的晚上。由于灵堂设置在出入不太方便的山上，而前来吊唁的结社团体却分布在关东一带，所以两天之内，葬礼并不能结束。

舅舅的骨灰被送回来的那天，为了把这些从各地赶来参加葬礼的人送到山上来，临时缆车运行到很晚才收车。当然，也有守灵当天早上就徒步上山的人，但这些都是至亲或者好友。如果从南边的五日市或桧原来的话，要坐电车，然后倒巴士，绕一个大圈，沿着山道的话，则会更快地到山上。

那到底有多少人来参加葬礼呢？大殿和客房都住满了穿丧服的人，楼道和楼梯上也坐满了人。

在神道教里，死亡不仅不需要哀悼，还是庆祝亡者归天为神的仪式，所以这些人都高兴地吃着喝着，聊着天。

当然，也有例外的时候。

特别来客，是在守灵日那天下午来的。

那个时候，冬日的太阳西下，在纷纷小雪之中，两位戴着丝帽、穿着正装的绅士样子的人，带着随从和巡查走了进来。屋子里刚刚的喧闹声瞬间安静，大家都看向走廊处，纷纷低头行礼。

走在前面的是宫内厅派来的使者，或者应该叫"敕使"，换言之，他们是皇家的使者。舅舅曾经担任过官币大社的宫司，因此，在过世之后，皇家按例会由使者带来天皇陛下所赠银杯一对，以示慰问。

这些使者，是向作为神官的舅舅颁发天皇陛下赐予的银杯来了。

银杯被包在一块紫色的纱中，由来人捧着。

紧随其后的，则是赏勋局的工作人员。舅舅作为多年的民生委员，按惯例，在过世后是会被赏赐勋位的。他们，则是为在民生委员会做出突出贡献的舅舅颁发勋章而来。

喝醉酒的老人们开始窃窃私语。

"大师出征他国的时候可是立了大功的。"

"对对对，还得了金鵄勋章呢！"

"因为战争失败了，现在不能那么说了，所以只能用民生委员会的名义来颁发。"

"说是七等功来着，你看看你看看，现在才给了个七等功。当年人家可是从军曹直接跳级晋升到少尉的主儿啊。"

"是没错啊，可是仗都打完十五年了，也只能用别的理由了吧？"

舅舅虽然确实担任过青梅市的民生委员，但是在这个山村里，并没有设置这个职位的必要，因此等于是挂了一个可有可无的闲职。舅舅还在世的时候，我也在舅舅那里听到过一些关于战争的事。对这些老人说的话，我多少能理解一些。

御神前的祭坛上，现在摆放着银杯、授勋证书，还有一枚老旧的勋章。

金鵄勋章是授予战功显赫的军人的。当年神武天皇东征的时候，弓头曾停过一只金鵄鸟，金鵄勋章的名字也因此得来。

因此，从某个角度来讲，舅舅之所以能获得现在这样的荣誉，很大程度归功于当年他在战场上杀了足够多的敌人。虽然杀人不是什么好事，但却丝毫没有损及舅舅在我心中的形象。撇开所有的逻辑和道理，舅舅曾经就是我心中的英雄人物。

使者们办完正事后没多久便离开了。也许，他们会接着作为天皇的密使，去参加下一场英雄们的葬礼，然后代表天皇前去吊唁吧，我想。

6

接着，大家都等着冬天的太阳落下，准备着一些守灵要用的东西。

生育有很多儿女的外婆，在年仅四十多岁的时候便离开了人世，外公也在我尚未懂事时离开了我，所以今天等于是我有记忆以来参加的第一场追悼会。

葬礼也没有什么明文的规定，只需要按照固定的方式去执行就行。也就是说，葬礼的一切祭式都是来源于历史——祖上代代相传，上一代怎么说，下一代便怎么做。

我事先并没有任何参加此类仪式的相关经验或准备。如果事前有所了解准备的话，说不定现在就不会觉得阴森和恐怖。这一点，我一直到后来都觉得很后悔。

神山在浓雾中渐渐进入了黑夜。屋子四周的回廊里，所有的窗户都被关上了。

此时的大厅里已经几乎坐满了人，每个人都显得非常庄重，负责仪式的神官亦一丝不苟地开始主持起了仪式，放在祭坛后面的太鼓，也在这个时候被敲响。

伴随着鼓声，奏乐声也随即而起。除了笙和筚篥外，还加了几根石笛。音乐完全听不出一丝一毫典雅的味道，掺和着好像落雪、雾涌或是山风之类的声音。也就在此时，主持神官开始读起了悼词，这是神道教特有的一种技能——将死者的生平编成词，然后用神乐的音调读唱出来，读的时候，抑扬顿挫。

舅舅的悼词其实和其他人的也并无两样，无非就是学了点什么学问，有什么修为之类如同履历表一样的东西。也不知道为何，我对"一朝大陆战火起，掷笔从戎投军去，战功赫赫武勋著"这几句话印象特别深刻。

复员之后，舅舅又重新回归了神社，外祖父去世后，舅舅便正式继承了家业，至今还不到十年。

不过，悼词中并听不到悲伤，而是以"因人德崇高而被选成神"作为终结。

然后，接下来的事情发生了。

"叩首——"

随着神官一身令下，所有人躬身行礼，像乌龟一样伏在地板上。母亲也立刻按下我的头。这并不是简单的叩拜，而是让整个额头挨着地板，闭上眼睛，什么都不能看。

突然间，一阵纸页沙沙作响的声音传来，房间里的灯一下子全灭了。这个世界又重新陷入了黑暗，就像是突然间断了电似的。

我害怕地紧紧握住了母亲的手。

接着，在场的所有人都听见了一个声音，仿佛从地底里发出的一般，低沉而冗长——

"喔……"

这声音，听起来既不像人的声音，也不像猛兽的声音。

那是在祭坛前匍匐着身子的主祭发出的声音。那是一种气息并不连贯，但是却十分低沉而恐怖的声音。

黑暗中的大殿里连一点咳嗽声都没有，一片死寂。

"我好害怕！"我低声哭道。

但是母亲并没有回应我。这个时候我才发现，在举行这个仪式的时候，不光不能讲话，连身体都不能随意扭动。

"喔……"

主祭又开始喊起来。这个时候，其中一个辅官作势要站起来，之后拔腿就跑，从我的身旁，像一阵黑风一般，拂衣而去。在当时的我看来，这并不是什么祭祀仪式，而是发生了什么诡异恐怖的怪事。

然而，这个房间依然一片死寂，只听得到主祭的喊叫声。

"喔……"

脚步声跑楼上去了。头顶的天花板阵阵作响，应该是从走廊上飞奔而去。在一片黑暗中，那个脚步声似乎没受任何影响，<u>丝毫不乱</u>。

"喔……"主祭的声音更加洪亮了，仿佛是为了回应那个脚步声。

脚步声此时开始在房间里四处奔走起来。一会儿在东边的翼廊来来回回，一会儿突然又在里边的楼梯里上上下下，之后又回到大殿的回廊上跑起来。百年的老房子，此时发出了嘎吱嘎吱的回响，似乎是在悲鸣。

我知道神官们是在追赶死者的灵魂。一想到这一点，我就觉得舅舅实在是太可怜了。回想起和骨灰归来时舅舅脸上写满的悲伤，我便替舅舅难受。舅舅的灵魂好不容易回到了山里，为什么要被驱赶呢？

母亲在我的身旁低着身子掩面哭泣。除此之外，没有其他任何的悲叹声。

我大概了解母亲的悲伤因何而来。每次父母发生争执的时候，舅舅便会从山上下来劝架，指出父亲的行为里的不当之处，然后责备母亲的急性子。

那天母亲突然间像疯了似的，哽咽着说："我杀死了哥哥！"

其他的亲戚都过来安慰她。

"是我杀死了哥哥！"

当时我并没有理解这句话的意思。我真的怀疑母亲是不是用一些不为人知的方式杀了舅舅，比如说把一些慢性毒药伪装成日常药品，暗地里给舅舅服下之类的。

越是这般胡思乱想，我就越发觉得舅舅可怜。这个冷冰冰的仪式，这些高兴地喝着酒的人甚至觉得，天皇陛下的银杯、勋章，只是为了抹杀舅舅的过去而上演的戏码而已。

可能是由于我的生父并没有像舅舅一样，让我如同崇拜一个英雄一般去尊敬，我便试图在舅舅身上寻求父爱。这么说可能有些落入俗套，但是唯一不落俗套的，是我和舅舅之间共有的、其他人无法想象的神秘血脉——我们俩能看到别人看不到的所在。

我最终忍不住从母亲身边爬了出去。

母亲当时沉浸在主祭的吆喝和辅官们的脚步声中，已经完全哭得崩溃了，所以她并没有发现我已经从御神前逃走。

眼睛稍微适应了黑暗后，我摸着柱子和宣纸窗，从黑暗的走廊中逃了出去。

我脑子中反复盘桓着母亲的这句话：是我杀死了哥哥。

如果母亲真的是在被舅舅反复斥责时忍无可忍地出手反抗，因此而失手杀了舅舅的话，我还是希望家人中有谁能包庇一下她，或者恳请天皇陛下能赦免她。但是无论如何，至少我是必须要向舅舅道歉的。

舅舅坐在破风的屋顶下方，朝东的那个大门前的石阶上。

此时，雾气虽然几乎已经散尽，但是雪却越下越大，雪花慢慢地堆积起来，盖住了前院的那些地衣。

那个穿着灰色丧服的人此刻静静地坐着，背笔直地挺着，胸前佩戴着笏。他的这个模样，让我瞬间感受到一个服务于神前、信仰圣洁神意的人的骄傲。

舅舅就这么直直地凝视着这茫茫雪地，一动不动。

我端端正正地跪在已经结冰的石阶上，一时之间不知道说点什么才好，只好一直盯着舅舅那张正气凛然的侧脸。这时我发现，我呼出的气是白色的。悲哀的是，我没有看到舅舅口鼻中呼出的任何气息。

山上的雪一颗一颗落下来，又细又小，落在舅舅的帽子和衣服上，发出细小而轻微的声音。

屋内依旧传来神官们祭祀的声音和驱捕灵魂的脚步声。舅舅的灵魂被他们追赶后，虽然本该去往高天原或是黄泉，但是他似乎难以承受离别之痛，在大门口的石阶上坐着一直不走。

舅舅五十多年的生命中，被涂上过"神官"和"军务"两种不同的色彩。这是完全对立的两种职务，在舅舅身上却被完美地融合在一起，就像是在漆碗的内外侧分别涂上黑、红二色一样。

我在台阶上向舅舅磕头，道："舅舅，对不起！"

当时我沉浸在母亲杀死了舅舅的这一揣测中，以为是父母的争吵从而导致舅舅的寿命终结。同时，因为自己当时只是个孩子，我为自己的无能为力而道歉。

舅舅当时似乎颇有意味地抚须，而后微微一笑。那时，我突然想起了平日里爱唠叨的舅舅的一句教诲。

"你的缺点就是即使知道错了也不道歉，这种固执，可要适可而止啊。"

所以这一次，我第一次特别诚恳地向舅舅道了歉。

但是，舅舅却并没有要表扬我的意思，只是微笑着躲开了。

我明白了舅舅的意思。

不用道歉，你没有任何错。因为没错，就不用低头道歉。

到目前为止，虽然周围也有很多的人对我的遭遇投来怜悯的目光，当然也有很多人与我聊天，但是那些人都只是觉得我可怜，并不能真正鼓励我。但是，舅舅的话，却成为我前进的动力。

不一会儿，舅舅一点一点地登上台阶，在神篱里端正地站着。他穿着浅杏（矮帮木鞋），站在一片纷飞的大雪中，我抬起头看着他，他的身姿在我的眼中显得越来越高大。

这种情形，看起来就像是以前在我不听话或者蛮不讲理的时候，舅舅挺身而出护着我。

"但是，还是对不起，舅舅。"我仍然固执地说。

舅舅穿着丧服，笑得弯起了腰。之后，他便朝着高山处的神殿方向深深行了一礼，之后便踏上去奥津城的山路，头也不回地走了。

没过多久，杉树枝上纷纷落下的雪花将舅舅的身影完全遮住，舅舅消失在雪林里，再也看不到了。

舅舅，走了。

7

去奥津城安放遗骨，我已经记不清是葬礼之后的第二天还是另外一天举行的了。我只记得，那一天灰暗的空中飞舞着小雪花，格外寒冷。

送葬的过程中，有一个不可思议的习俗。在送葬队列的最前端，一定要悬挂肃穆的御币，据说这样做是为了让灵魂依附在那些纸里。

我自然是不信的。舅舅的灵魂，早就在守灵日那天晚上，自己去了奥津城了。

紧随御币之后的是神官们。按照古老的习俗，紧跟在这后面的应该是运载的棺椁，由于舅舅已经被火化，如今是长子怀抱着骨灰盒走在队伍中间。

"能这样被儿子抱在怀里，想必逝者变成骨灰也安心了吧。"不知是谁这样说道。周围立刻引来一片赞同之声。

"不管生前是不是一个好人，从今以后，所有的死者都得被烧成灰。"几个老妪颇有几分遗憾地说道。

骨灰盒后面跟着两位拿着弓、背着箭筒的神官，他们的丧服上系着两条带绳，带绳将裤子的下摆高高地撩起，显得既年轻又魁梧。

参加葬礼的人跟在他们后面，形成了一个很长的队伍。

我是牵着母亲的手走的。这并不是因为母亲担心山路太崎岖泥泞而牵着我，而是我担心她伤心过度而出什么事，一直在扶着她而已。哥哥在队列的后面，和几个年龄相近的表兄弟们走在一起。

队伍沿着微微积雪的道路而下，向着东边山脊处的奥津城而去。如果没有那些竹林，小路和沿着神社而下的棱线是直角交叉的，左手边是深不可测的深渊。一眼望去，送葬队伍正整齐有序地往前走去。

8

这里也是大山里的通风口。从大菩萨岭吹向关东平原的风撩起了御币，像是拂过人穿的衣角似的，御币阵阵翻飞。

我突然想到，沉浸在悲痛中的母亲，会不会乘着这风，向谷底纵身一跃？

一想到这里，我便不由得抓紧了母亲的手。

恰好在那个时候，我们被一阵强风吹得一个趔趄，差点摔倒。那是一场精妙的力量斗争。

母亲曾经自杀未遂。比如醉了以后将安眠药当饭一样狼吞虎咽。当时由于服用量过多，药在胃里凝固了，母亲得以抢救过来。偏偏在那个时候，我的灵力对这件事情完全没有作用。大概是因为这只是母亲一时冲动，不是再三考虑后下的决定吧。

我知道，母亲自杀不仅仅是因为贫困或者独自抚养两个孩子太辛苦了，而是另有隐情。

在公寓的楼梯上目送上夜班的母亲，一路上，无论男女，都像大白天看到鬼似的瞪大眼睛，纷纷对母亲侧目而视。

那时，母亲才刚刚洗完胃，还在住院当中，没想到舅舅竟然来了。他逼我说出母亲的下落，无奈之下我只好据实相告。舅舅听说后，立刻脸色巨变，拖着我去了医院。

母亲看到舅舅的一瞬间就转头来骂我，她以为是我在事情发生的第一时间通知了老家的人。

但是，舅舅立刻维护我道："他可不是到处乱说自己父母耻辱之事的孩子。"

从医院回来的路上，在下町的泥川的桥上，舅舅搂了一下我的肩。

"没有鱼呢。"

"太脏了，鱼活不了的。"

"御岳山上有红点鲑，还有大马哈鱼。"

"我知道。"

交谈就到此为止。

我冷漠地拒绝着舅舅的好意，想必舅舅也是心中明了。

其实我本想说的是，如果仅仅因为舅舅是母亲的家人，所以就理所应当地麻烦别人，那还不如让我们母子流落街头横死，这样反而更好一些。

总的来说，我和舅舅之间是不需要语言交流的。虽然并非是我有意识地去运用那种能力，但是好几次我们两个在一起发呆的时候，总能觉察到与对方是心灵相通的。

结束了桥上的谈话，舅舅说："去吃点寿司什么的吧？"

"不，我讨厌寿司。"我心虚地撒谎道。

于是，最终我们不欢而散。

连通我和舅舅的心的纽带，不是语言。我们之间甚至达到，心里的话如果说出了口，那一刹那，就像是暴露在阳光下的古画一样，失去了那些艳丽的色彩，甚至变形。我们话语中所包含的说教、谄媚、算计，统统无所遁形。

在那座桥上我明白了，与心灵相通相比，语言是如此苍白无力。

9

奥津城位于尾根边缘森林的一块大的地方。长久以来，司神职者及其家眷们都被葬于奥津城。险峻的御岳山上，平坦的地方很少。鸟居前的广场、山顶上缆车的车站、展望台，都比奥津城小得多。也就是说，山上最开阔的地方便是墓地。

奥津城中心的小山城上，有一间只有房顶和腰壁的房子。这本来是用来停留遗体、做告别的时候用的。

如今，柏木的案几上放着骨灰盒，供奉着水、米、酒。就这样，举行了告别仪式。

"神佛于此，墓前无丝毫世俗之恶臭，八百万无形之神明，或立，或蹲，以尽守之恩德。"

颂词之后，两个年轻的神官从东边走出去，拿出大弓，用力拉紧弓弦，看起来就像是在黑暗中瞄准看不见的某处。

一阵鹤声之后，两支箭朝着灰暗的天空射去。

然后神官们又蹲下来，掀开帽檐，像是在确认箭的去向似的，随后又站起来，再放了两箭。

箭支到底去了何处？也许是随着落山风消失了吧。

然后便是安放遗骨了。

奥津城是根据不同的家族进行分块的，古老的墓石呈矩形排列，正如故事中所说的那样。我的祖先是德川家康入江户时期的修验者。所以，与其他立在野外生苔的佛像似的墓石相比，算是比较新的了。

我在人群中抱着膝盖蹲着，远远地看着那些抽着烟、互相攀谈的参加葬礼的人。

与此同时，我感觉到了神明的气息。虽然我没有看到神明的具体样子，但是却十分敬畏存在于这里的神，他们就隐藏在这些活着的人的里面。

或许我当时感受到的，并不仅仅是那些说不出名字的古代的神。那里，或许还有我懂事前去世的外祖父，也有我那懂得驱狐术的曾祖父。又或许是由于我们有着这样的血缘关系，我才可以如此强烈地感受到他们的存在。

生命不仅仅是父母给予的礼物，更是连接古时与今朝的纽带，从而才形成了我们这副肉身。这是我在那天悟到的。

因此，我也懂得了，我不能只对父母抱有感情。我不仅仅是由父母生出来的，还是传承了神话传说中那种奇特血缘的生命。

"母亲，过来一下。"我叫了母亲。

可能以为是我的身体不舒服，她非常担心地靠近我。

"舅舅在这里。"

"哪里？"

"就在我旁边。你看，那边是外公，大胡子爷爷也在呢。"

我一点也不害怕，因为他们都是与我血脉相连的亲人。我感到很高兴。

我把到目前为止一直没有说出过的事情小声地告诉了母亲。我相信，把心里的话说出来，并不是什么丢人的事。

"所以，不要再想着寻死了好吗？母亲要是因为我们寻死，那不就变成我们杀了母亲了吗？"

话还没说完，母亲便把我揽入了怀里。

那个时候，舅舅在我身后微微停留了一会儿。母亲虽然看不到，也感觉不到，但是生于神山、长于神山的她，不可能不相信灵魂的存在。

10

骨灰盒下葬快结束时，昏暗的天空中下起了鹅毛大雪。

所有的仪式就只剩下在屋内举行的祭神酒宴了。

所谓祭神酒宴，就是所有参加葬礼的人都将摆脱仪式束缚，将供奉的酒拿下来与神共饮。虽然在仪式上是有这么个环节，但事实上就是大家聚在一起举行的一个慰劳宴，或者说是答谢宴。

基于此，这雪对于他们来说倒是挺及时的，于是大家的脚步自然就变快了。

大家都快速地离开了奥津城。而我，却不能什么都不做就这么离开。

我眺望着古老的墓碑，一个人留了下来。

虽然看不见舅舅的身影，但是我却能清楚地感受到他的存在。为什么会看不见呢？可能是因为舅舅已经变成神了吧。

我感觉到外祖父、曾祖父，以及其他的祖先们、八百万的神灵们，都像看稀罕物似的盯着我。

听到哥哥的呼唤声，我应答着出了墓场。

那时候，我转身向他们行了一个礼，摆出了告别的手势。

遗憾的是，即使是这样，舅舅也没有再现身。我重新告别了一次，舅舅也还是没有出现。

仿佛是催我快点告别似的，从侧面飞来的大雪完全遮住了我的视线，已经归天的舅舅隔着这洁白如绸缎般的雪，从那一头，对着处于人间的我，送来了一丝清冽的气息。

第二章

军队宿舍

1

"我的房子不是什么观光景点，请你们回去！"舅舅叱责着美国大兵。

舅舅暴怒之下，欲要抢他们的相机然后砸掉。这一举动把年轻的军人吓得直往后退，他们努力地摇晃着身体和手，用英语不断在道歉："对不起对不起，我们没有恶意。"

尽管外祖母家和参道还隔着一段距离，但是时常有人将藏在杉树林中的外祖母家的长屋门误认为是神殿，所以不断地有过来查看或者拍摄纪念照片的美国军人。

神社的工作结束后，舅舅穿着白色的和服以及浅葱色的筒裤归来，这身打扮，更让这些美国士兵以为这里就是神圣的神殿了。

这些士兵都穿着夏季军装，袖子上都缝着一两个山形的记号，清一色的年轻士兵。他们一个个都特别恭敬地道歉，举手敬礼，然后才回去。

因为舅舅的样子非常严肃，连美国士兵都不得不听他的话，所以我一直都误以为，即使在战争中失败了，军曹（陆军下士官头衔）也是很大的官。

昭和三十年代初，立川的野营地里驻扎着很多美国军人。那个时候，也就是把"进驻军"该称作"驻留军"的时候。军人们好不容易有休息的日子，不去市里玩一玩，而是反方向乘坐青梅线来到御岳山。这些人一般都是一些没对象也没什么钱的年轻军人。

他们已经不属于当年直接跟日本正面交火的那一代人了，但是舅舅依然对美军有着根深蒂固的厌恶。山上经营的宿坊，一直作为远道而来游玩或者避暑的客人们的住宿地而存在，然而据我所知，还没有让任何外国人来住过。

赶走美国士兵后，舅舅才缓下脸来，在走廊上坐下。

海拔一千多米的山上，没有了秋蝉的烦扰，只有些小夜虫的叫声。

舅舅没有盘腿而坐的习惯，就连去神社来回抽会儿烟的工夫，也一定是挺直着背，正坐着。

"舅舅和美国人打过仗吧？"我问。

舅舅叼着烟，沉默。

许久之后，他好像是在斟酌用词似的，最后才开口说："我去的是中国华北，没有见过美军。"

以我小孩子的判断来看，舅舅对于曾经的敌人——美国，到现在依然十分憎恨，所以才会对来山里游玩的美军士兵那么刻薄。

舅舅显然读懂了我心里的话。

"过来。"舅舅挥手，招呼我坐到他身边。

虽然舅舅讲的故事都很有趣，但是对于我来说，正襟危坐、不得不听的束缚，其实也挺痛苦的。那是一个暑假末的傍晚，我满脑子想的都是要和哥哥以及表兄弟们去哪儿玩。

房子里恢复了安静。高高的树上，夜虫的叫声此起彼伏。

2

"这是从你外祖母那里听到的，很久很久以前的故事了。"舅舅说。

外祖母生了很多孩子，但是四十多岁就去世了。我的母亲是外祖母生的众多孩子之中年纪排倒数第二位的，连母亲都已经不太记得外祖母的脸了。

总之，这是比舅舅出生的时候还早得多的故事，也是在外祖父入赘之前的故事。

冬天，神社的弟子们不用来参拜，山上的宿坊就会变成军队宿舍。到御岳山前的日向和田的铁路建好后，奥多摩的群山便变成了山地行军的演习场。

那时，东京的麻布连队和近卫连队，从青梅的吉野梅乡附近入山，朝着日出山的山脊走，往返御岳山，历时两天一夜。

故事就发生在那一次行程之中。

日清战争（即甲午战争）、日俄战争结束后，甲府联队花了好几天翻过了大菩萨岭，最终到了这里。可能是因为长期在山区活动吧，擅长山地战的甲州士兵都显得特别健壮。

不光是步兵部队，通信部队也会隔着山谷，让士兵们做手旗信号训练。辎重部队则会背着装满沙的沙袋在山上山下不断来回奔跑，强化体力。

不同的部队里，军人们穿的军装也都不一样。假若所有大部队都来了的话，山里三十多间房子全部都会被军人住满。

不管是哪一种，在参拜客人很少的严冬，军队驻扎在这里的军费开支，对山里来说的确帮了大忙了。

舅舅向着院子里那排长长的走廊望去，接着便说道："回来的时候，大胡子爷爷坐在这里，士兵们在院子里整齐地站着，举枪敬礼。曾祖父可开心了，好像变成了乃木将军（乃木希典，日本明治时代的陆军大将）似的。"

陆军登山训练一直持续到大正昭和年间。接受这个光荣敬礼的人，也从那个白胡子曾祖父变成了外祖父。

"那舅舅你呢？"

舅舅笑了笑。

"因为当时舅舅进了军队呀。也有过那么一次，那些将校想要给我敬礼来着。但是在战争结束前，我一直都在战场上，他们见不着我，那就没办法了。"

在我的印象中，曾祖父一直被小辈们称作"大胡子爷爷"，族人们口耳相传，无不知晓。而且，曾祖父是一位懂得驱狐术之类的、有灵力的人。所以，舅舅描述的曾祖父对着一帮向他行举枪礼的士兵扬扬得意的样子，我实在是有点难以想象。在我心里，与其说他是一个人，其实更倾向于将他看作神。

不过，这样的曾祖父，对我来说倒是多少多了一些亲近感。

但是，刚这么一想的一瞬间，我又体会到了一种恐怖的感觉。我努力往舅舅身边靠了靠。

有关大胡子爷爷的故事，大多数都是很恐怖的。

"很恐怖吗？"我抱紧手臂，望着舅舅。

"恐怖不恐怖是由人心所决定的。如果不想听的话，就算了吧。"

"想听！"我小声说。

"虽然我讲得像是亲眼见过似的，但是其实这些都是从你外祖母伊津那里听说的，都是发生在很久很久以前的事了哦。"

舅舅开始自言自语地讲述起来。

那个晚上，伊津结束了闲院宫殿下的宫中行仪见习，回到山里。

临近年末，夜晚非常寒冷，外面的雪花漫天飞舞。一大家人围着地炉吃着晚饭，弟弟妹妹们央求着伊津，让她讲一讲在东京的所见所闻。

伊津并不是去做女官的。那个时候，孩子们满了十五虚岁，就会下山去皇宫里或者华族的府上住上一段时间，接受严格的教育和培养。男孩子就是所谓的"陪读"，女孩子就是行仪见习。

这些弟弟妹妹不久后也将经历同样的事情，所以，面对他们的苦苦哀求，即使伊津很不耐烦，也不得不耐着性子应付。

伊津不情愿地笑着敷衍，还好父母及时察觉，前来解围。

"如果晚回来一天的话，就死在了飘满大雪的山路上。我们伊津心地好，所以神灵让雪推迟了一天才下呢。"

"姐姐已经累了，明天再讲吧！"

弟弟妹妹们虽然应着声，但是意犹未尽。

伊津看着这么乖巧的弟弟妹妹们又不忍心了，饭后便讲了一会儿。

在日向和田的车站下车后，伊津便看到了前来迎接她的仆人。到御岳山之前，他们可以乘马车，但是再往前，便全是曲折蜿蜒的山路。

伊津觉得自己心地好不好暂且不说，反正运气的确是真好。

弟妹们都想知道银座、浅草这些地方到底是什么样子。但是伊津虽然在东京住了近一年，却没有去过这些热闹的地方。对伊津来说，印象最深刻的，莫过于作为王妃的随从宫娥的事情。皇宫的那些深宫贵人，她也远远地看见了。

"你应该是不可以抬头看他们的吧？"父亲突然开口。

"不，父亲。现在什么都已经西洋化了，所以我们不用在地板或者榻榻米上正襟危坐。即便在宫里的院子里或者走廊上遇到了皇族，也只用站着，像这样，微微低头行个礼就行。"

父亲好像很意外似的，说："哦，原来是这样。"

从官家神社的神官的立场上来说，他们家是可以与贵族匹敌的显贵之家。但是由于他们常年在山里侍奉神明，鲜少与外界相接触，所以在明治时代，国家在不断变化，很多规矩和思想，在他们看起来无异于是异世界的。

正当一家人围炉夜话的时候，伊津好像突然听到了谁的声音似的，表情突然间变了。

"拜托您了！"

她好像是听到了这句话。

如果是前来拜访的客人，应该会敲门前的铃铛。如果是山里的人，应该会从后门进来的。但是这个声音，却是从已经关上雨户的走廊外面传来的。

听到这个声音的只有父亲和伊津。两个人隔着围炉，互相看了一眼。

难道是听错了？两个人心里想着。

就在他们准备移开视线的时候，他们又听到了。

"拜托您了！"

父亲站了起来，伊津也立刻随他出了房间。

"咦？怎么了？"母亲不明就里地问。

房子里大部分地方都是一片漆黑，但是大楼梯口有一盏小电灯是长明的。虽然是微小的光，但映在纯白的隔扇上，意外地显得十分明亮。

父亲把走廊一端的一扇雨户打开，战战兢兢地探向外面。

伊津几乎不敢相信自己的眼睛。

大雪已经完全盖住了院子。大雪中，有一支人数众多的军队在那里整齐排列着。他们都穿着同样的黑色外套，戴着黑色帽子，军帽上有一卷红色的带子，比勋章更亮、更大。这是近卫兵的穿着。

更加意外的是，在队列的一端，有好几头驮着大行李的马正在喘着粗气。

佩刀发出声响，将校走上前来，脸庞俊俏英气，好像是士官学校出身。

伊津有点害怕起来。

"深夜打扰，很抱歉。我是近卫师团炮兵部队的芳贺少尉。"

父亲不知所措，过了好一会儿才回答说："啊……不，这个，还没请教，您有何贵干？"

少尉也非常抱歉的样子，脱帽，低头说："其实，今日我军在进行登爬御岳山的机动演习。不料在演习过程中有个士兵失踪了，我们正在进行搜索行动。然而，到目前为止，我们还没有找到他的下落。"

"这样啊。"父亲又打开了一扇雨户，注视着这下雪的黑夜，

"再怎么说，现在正值战时，这话说得有些太为难人了吧？如果是身上轻便的步兵也就罢了，炮兵们拉着大炮在山里跑一天，即使乱来，也要有个限度吧？"

那时候日本和俄国的战争打得正酣，久攻不下的 203 高地虽然攻下来了，但是由于战死者人数太多，社会舆论也是毁誉参半。

"晚上好，少尉阁下。"伊津打了声招呼。

芳贺少尉顿时回以形式上的微笑。

他们俩早就彼此认识。以前在这山里有炮兵进行过大演习。山地炮被不断地从这座山拉到那座山，阵地也到处都是。虽然没有用上实弹，空炮声也在山里响彻了好几天。那时候，芳贺少尉的炮兵队就把这里当成了宿舍。在五天的演习中，将校和下士官住在客房，士兵们住在长屋门和仓库里，里外的门前都有彻夜守卫的士兵。

在那个时候伊津就知道，士兵真的是很辛苦。

伊津喜欢芳贺少尉。虽然父母早已定下婚约对象，但是伊津并不知道那个人是谁，连面都没见过，可是……如果是像少尉这样的人的话，她就满足了。伊津这样想着。

那时候，伊津每天的任务就是早晚送饭去客房，一边盛饭，一边反复地讲她在闲院宫的一些事情。少尉听后，惊得饭都喷了出来。

他极为吃惊。没想到，在这穷乡僻壤的山里，居然隐居着身份这么尊贵的家族。侍奉神灵的神官们，是多么尊贵的门第！

"但是我本来是不想去什么行仪见习的。"伊津说。而且，她也不想离开父母。她很不安。况且去了之后，也没有教什么特别厉害的学问。她去见习，只是因为父母为了给她从千人同心的家里选一位女婿，把女儿送去镀镀金罢了。这是心里话。

芳贺少尉十分温柔地开导了伊津。他自己在之前的很长一段时间里也是见习士官。人，如果要真正长大，还是必须要经历见习的过程。有痛苦的时候，也有被欺负的时候，但是要想成为人上人，那种程度的辛苦是必须要经历的。

"话说回来，大师——"芳贺扫了一眼雪中列队的士兵，回过头来，压着嗓子说，"我并非乞求您的收留。只是，我们在山中来回搜索无果过之后，我突然想到，在大师您这儿，会不会藏匿着一位叫古市一等兵的人。"

"休要胡言乱语！"父亲一听这话，立刻怒道，"我等承天皇陛下御赐，供奉日本武尊，祈求胜利。我等为何要窝藏逃兵？"

伊津是认识古市一等兵的。一般说来，在体格健壮的炮兵中，有像他这么一个纤弱身子的士兵，是特别让人诧异的。正是因为他身体瘦弱，所以才在此次的演习中作为马标，做些在宅子里打杂之类的活，比如在背架上捆上便当，作为午餐送去部队之类的。照理来说，这种事情应该是新兵的工作，但是在这里，确实都是古市一等兵在做。

芳贺少尉丝毫不畏惧，继续说："我并没有说他是逃兵。听说古市一等兵在去年演习的时候，在贵府疗养过。他重恩情，今年正月连家都没回，而是到您这里来拜访了。我也是想，这次也许他因为思乡之情太热切，突然顺路过来了也不一定呢。如果有说错的地方，还请海涵。"

古市一等兵在正月休假之时的确是来了山里。因为当时山里的客人很多，特别忙，他就还是和演习的时候一样住在长屋，每天勤恳地帮忙招呼客人。他在进军队之前，曾经在新桥的外卖饮食店干过，所以他的烹饪技艺是好多内行都比不上的。父亲感念古市的勤恳，甚至还说过"你不适合军队，退役后来我这里吧"这样的话。

但是古市是一名优秀的军人。他当下就拒绝道："与俄国的战争不知要打到什么时候，现在还不是我考虑退役后要干吗的时候。"父亲好意要给他工钱，但是他却说自己是军人，并没有接受。

因为本来就是印象不深的人，虽然还记得这个人的存在，但是伊津已经不能清楚地回忆起到底他长什么样子了。在伊津的眼里，记忆最深的只是古市的背影——他的确不像一个炮兵，小小的身子背着如山般的便当盒，跟跟跄跄，慢慢走远；还有他跟在炮兵队的队伍后面，堆着炮车，努力跟上的样子；又或者是这月休假结束时，他不断回头，沿着参道下山的穿着军装的样子。

"但是，少尉先生，不管他犯没犯错，在这样的雪夜里，在山里迷路是会丢了性命的。反正所有人都在这里集合了，那就再去找一遍吧。"

"不。"芳贺少尉坚决地否定道。

伊津终于看懂了现在是什么情况。

在见习的时候，由于闲院宫殿下对军人很宽容，所以宫里经常坐满了随扈、将领以及值班的士兵。另外，近卫队的人也在周围护卫着安全。军人们好像不在意她们这种小姑娘听到似的，随性地聊着战场的一些传闻，说一些上级的坏话等等，完全就像是鸟似的，叽叽喳喳，喋喋不休。伊津也听了很多关于军队的事儿，比如对俄国宣战的事，也知道乃木将军在203高地遇到了前所未有的困难，军人们都大呼其无能。

"父亲。"伊津在父亲的耳边低声说道，"不要太当回事了。"

其实即使不出声，从小时候开始，伊津就和父亲有着不可思议的心灵相通。

虽然只说了这么一句，但是伊津把不能明说的部分变成一样东西，传达给了父亲。父亲闭上眼睛，把伊津送上来的东西在手掌中小心地打开。

芳贺少尉的炮兵马上要开赴战场了吧，不知道古市是不是知情。如果知道的话，他是为了完成这次训练来了；但如果是不知道的话，他确实就是怀着逃匿的打算来了这里。

古市一等兵感到害怕了，所以逃走了。不，也有可能只是掉队了。

但是不管怎么样，也不可以让神主前去搜山吧。

如果是芳贺少尉来搜的话，古市一定会被当成逃兵抓起来。对他来说，那还不如冻死更好呢。

"不要太当回事"原来是这个意思。

父亲抬起头，说："少尉如此说的话，那就不要做那些没什么必要的多余之事了。"

那个夜里，炮兵队的军人分别在仓库和长屋睡下。不管是芳贺少尉还是下士官们，都没有要来客房的意思。

军人们固执地推辞着不要吃的，说只要自己携带的粮食就够了，也不需要火盆。战时的军人真是了不起。伊津虽然这样想着，但另一方面她也想到，部下失踪是一件大事，芳贺少尉有着不可推卸的责任，于情于理，他也确实应该尽量避免与其他人有太多瓜葛。

背上的炮身和车轮被卸下的一瞬间，三匹马儿欢快地一起嘶叫起来。

神山里的降雪仍在继续着，深夜来临。

3

"你外祖母从大胡子爷爷还在世的那时候开始就不断念叨我，快去睡觉，当作什么都没看到、什么都没听到，好不好？"

眼前一片夏日傍晚的景色，在我心里变成了下着雪的前院。

到底是多久之前的事呢？我摸着走廊下已经变得像糖果般圆滑的柱子想着。

长屋门朝着神社的大门敞开着。界绳上挂着的纸垂，也不知谁在什么时候换掉了，纯白的纸垂在暮色中摇曳着。

"该不会是太平洋战争吧？"

"比那早得多了，是舅舅出生前的战争。"

"明明看见了，却要说没看见，是不可能做得到的！"

舅舅对如何回答这个问题思考了很久。之前，不管我们做出了多么过分的恶作剧，舅舅都会一笑置之，唯独不会原谅谎言和借口。当然，舅舅并没有那么说过，是曾祖父。如果曾祖父命令外祖母，然后再通过舅舅告诉我的话，我也不是不能理解的。因为，只要血脉相连，我就能感觉到是曾祖父在那样要求我，而且他们也一直以此自律。

"外祖母就算睡下后也很少能睡着，好像总是起身去厕所。"

我回望着敞开着的大厅。百叠宽的房间的一头，供奉着白木做的神殿。

曾祖父一天到晚都坐在点灯的御神前，小声地念着祓词，轻轻地敲打着太鼓，然后用力撒币帛，像基督教徒一样双手紧握，身体一圈一圈地打转，手臂不断地上上下下，这个好像就是所谓的镇魂术了。

"大胡子爷爷是一个非常厉害的人。所以，他嘴上虽然说着不要有什么瓜葛，外祖母说，当时他还是努力地在为失踪的士兵祈祷平安。"

不久以后天亮了，外祖母打开走廊上的雨户，炮兵队已经走远了。长屋门的大门一直开着，雪地上朝神社的方向有一排排的脚踏印子。

外祖母一边朝着冻僵的手指哈气，一边呆呆地眺望着已经被白雪覆盖的军靴印、马蹄印、跑车的车辙印。外祖母认为，并不是大雪把它们覆盖了，而是从天而降的无数小神们的指示，它们命令她去装聋作哑。

"就这样，外祖母把一切都忘记了。"舅舅谜一般地突然结束了这个故事。

此时，扔下我在别处玩的表兄弟们的嬉闹声逐渐传来。

大雾降临之前，必须要把院子周围的回廊上的雨户都关上。

4

再次听舅舅讲故事的后续，已经是当天晚上，或者是第二天的晚上了。反正不管是哪天，都已经是暑假快要结束的时候，所以绝对不能就那么不了了之。

我求着舅舅继续讲后面的故事，舅舅却笑着说："那都已经讲完了啊！"

就这样，他糊弄了我好几次。

但是不论怎么想，这个故事都感觉是被切掉了尾巴的蜻蜓。一个供人住宿的宿坊，曾经也是军队的宿舍。如果故事仅仅是这样的话，也太无聊了吧？既然是这么无聊的故事，怎么又会让外祖母讲给舅舅，再让舅舅讲给我听呢？

何况，当时的我一直听的都是饱含了深刻寓意的童话故事，所以对所有故事都期待着更加戏剧性的结局，比如说辉夜姬最终回到了月宫，卖火柴的小女孩做着美梦冻死在了街头之类的。古市一等兵在炮兵队离开后，雪停了的那天早上，被发现死在了山谷里。

我猜大概是这样的结局吧，太残酷了，所以舅舅才草草结束了故事。

又或者，逃走的古市一等兵实际上是躲在房子里，等炮兵队走了后就换了衣服，拿了曾祖父赠予的钱，平安地逃走了。

这样的结局，貌似更符合伟大的曾祖父的行事风格。但如果是这样的话，曾祖父就犯了包庇罪，故事的结局就又会发生变化了。

我的脑子里面不断地这样那样想着，愈加觉得忍受不住了。

舅舅无视我的乞求，去了祭神后的酒宴。

祭神酒宴是祭祀后将供奉的神酒拿下来分食的酒宴。在没有酒馆的山里，这种酒宴也是神官们商量事情的场合。

"我会一直不睡，直到你回来为止。"我一边送舅舅出门，一边说。

就算躺在床上，我也一直不敢合眼，旁边一起睡的表兄弟们都马上进入了梦乡。

渐渐地，我觉得越来越困，就起身去洗脸。与其说是好奇心，不如说更多的是倔强吧。我想，如果回去继续躺着的话我肯定会睡过去的，所以便下楼偷偷打开一扇雨户，出去看星星了。

山顶被巨大的杉树覆盖着，根本没有眺望月亮的地方。反之，在屋子里的正上方能看到一片夜空，像是水井底部反着向上看的效果一样，星星溢满了这个水面。

我打开了大门旁边的小门出了院子。神社前的小路上映照着点点星光，长屋门的门梁明亮得像是能投影一样。

失踪的士兵这个故事的结局，也是在那个时候，在我脑子里假设了各种可能。

"呀……"发现了躲在门前的我，舅舅立刻止住了那首正在唱着的古老军歌，然后变成了两声"嘿嘿"。

我把头放在提灯上，"不是约好了的嘛！"我说。

"什么约好了？"舅舅茫然道。

"失踪的士兵先生的故事。"

舅舅穿着白色的和服，上面系着兵儿带（日本萨摩青年男子所用的白色的棉布带）。

我穿着浴衣。

"那个……什么故事？"

"就那个失踪的士兵的故事啊！"

舅舅虽然海量，但是喝酒了的话，就会变得很活泼，我大概是知道舅舅的这个特点的。

最后，舅舅像是死心了一般拉着我的手进了门，在青白的月光下，穿过院子，在石阶上坐了下来，继续往下说。

伊津在第二年的春天，与定下婚约的未婚夫交换了彩礼。

那次是他们的第一次见面。那个时候没有照片，在那之前，结婚双方互相完全不认识。但是由于对方出身名门，从传闻来看，想象中应该是个很威风的男人。

但是等伊津见面之后才发现，对方竟是一个瘦瘦高高、十分温柔的好青年，那张微笑着的脸依然稚气未脱，单纯美好。

而另一边的夫婿家则以为，山里神主的女儿，会是一个如猴子一样"漂亮"的女人。

二人隔着彩礼面对面的一刹那，都忘记了打招呼，只是你看我我看你。

婚礼定在了七月的一个吉日里。因为大家都觉得那个时候战争也应当结束了，203 高地已经被攻下了，正月初又攻陷了旅顺，然后就是奉天大会战、日本海海战，捷报频传。

大家看情形，索性就开始商量着让女婿在婚前住到女方家里，开始神职的修行。说起来，这对双方家庭来说都是一段求之不得的良缘。更难得的是，男女双方都被对方出人意料的外表所吸引，自然也就没有任何人反对了。

在送夫婿下山的时候，看着他头也不回，渐行渐远，伊津心里开始不安起来。

他真的会回来吗？这样下去，他会不会变卦？

也许是思念之情太过强烈，没几天，夫婿又出现在她眼前。那个时候的他看起来似乎长大了两三岁。

原定于七月的婚礼被延后了。但这并不是谁的错，而是战事还没有结束，自然也不是举行迎婚上门这种喜事的时候。

后来，日本和谈成功、日俄战争结束，已经是在九月初的时候了。在战争胜利的气氛下，他们举行了盛大的豪华的婚礼。

曾经去行仪见习过的闲院宫家差来使者，除了送上表示祝贺的纯白丝绸以外，还带来了王妃殿下的祝贺之词。以行仪见习为名的新娘培训，自此就算大告成功了。

另外，女婿来自守卫江户的甲州千人同心家族，那也是旧幕府时代被称为"旗本"（直属将军的武士）的人，算是豪门，所以家族内的人也是大举前来参加婚礼。虽然按说是不需要这么大张旗鼓地操办婚事的，但是即使不虚荣、不意气用事，这两大家族的联姻，都已经够热闹了。

婚礼的宴会持续了两天，向东的方向摆了好几列的酒席。大殿里的御神前，夫妇俩端端正正地坐着。夫妇两人一言不发，像人偶一样，对着数百名客人迎来送往。

大门口，挂着合抱稻穗的家纹。参加的人在接待处送上贺礼，然后进入大殿。这之中，有的人与新婚夫妇以及他们的父母打完招呼就回去了，也有那种一直坐了很久，最后醉酒不省人事的人。

大排场的意义就在于，那些分布在关东一带的讲社团体的人也都来了，虽然大多都是不认识的。

夫婿很诚恳地跟这些人讲话，但是往往结束后，都会问一句："刚刚那是谁？"

伊津回答说："不知道。"

那个时候，自己的夫婿对不认识的人也能那么诚恳地讲话，伊津自然就只能回以完美无缺的笑脸了。

伊津心里想，自己和这个人还蛮合得来的。在婚礼前她没有和丈夫怎么接触过，只是把他当作父亲的弟子。两个人睡的房也不同，自然没有单独在一起说过话。

伊津低头忍笑的时候，夫婿也并没有很诧异，而是悄悄地用手指戳她的屁股。轮到他忍不住要笑的时候，伊津也会回敬他一个。

不速之客就是在这个时候出现的。

在宴会的尾声，也就是第二天的傍晚之时，沉浸在胜利下的大东京的灯火开始星星点点地亮起来。

和陌生人寒暄了大半天以后，突然一个背影有些熟悉的小个子男人径直走了进来。

"恭喜。"

伊津的呼吸停止了。

来人一身花纹西装，中分的头发，一开始她还没认出来，但是这个人分明就是古市一等兵。

伊津感到整个大殿的喧闹声都渐渐远去，御神前的灯光也渐渐暗下去。

"多谢。您特意前来，真是万分惶恐。今后还请多多关照。"

伊津机械式地回答着，但是声音在颤抖，她连头也没抬，在心里默念着：拜托你赶紧消失吧！

但是古市并没有消失，他在她夫婿面前坐了下来。

"恭喜。"

夫婿又应了他一次。

因为伊津一直低着头，丈夫还以为来人是与她有什么渊源的人，说话也越发诚恳了。

既然夫婿看得见他、听得见他，那他肯定不是死人的魂魄。伊津暗暗松了一口气。但是，突然间，一种前所未有的恐怖感袭来——古市没有去宴席就座，而是混杂在醉酒的客人中消失了。

"那是谁啊？"夫婿问。

伊津不能说实话，只好说："以前在厨房帮过忙的人。"这样也不算是撒谎了。

夫婿没有再多说别的什么。

伊津问他："你看到了吗？"

"嗯。"夫婿稍有不解地回答，他以为伊津是在跟他开玩笑，又笑了起来，"自然是看到了。我不可能跟看不见的人打招呼啊！"

伊津怀疑丈夫是不是也在这几个月的修行中得到了这种灵力。

与修验道有着深切联系的御岳山的神主，必须要去瀑布修行——不吃肉类、谷类，只吃果实和草根，要登各个大山，还要在岩洞里木食。更何况，指导他修行的还是她那有灵力的父亲。他们两个人每天穿着白色的修行服，天不亮就出发，到太阳下山了才筋疲力尽地回来。有时候他们一连好几天都不回来，家里人都担心得不得了。

伊津心里有点悲伤。

这个神秘的世界曾经一度让自己和父亲迷失，她并不想自己的丈夫也一起在这个世界里漂泊。

伊津试图找到父亲寻找帮助，但是可能是因为接待客人实在太累了吧，她并没有找到他。

两天的宴会结束后，家人们在很晚的时候坐在一起吃饭。伊津斟酌再三后，还是对父亲开了口。

"父亲，我有点话想跟你说。"父女俩在御神前面对面坐着，伊津直接开口，问出了心中的疑惑。

"你为什么就那么肯定他已经死了？"父亲听了她的话以后，抱着胳膊反问道。

"因为，父亲，逃兵是要被枪决的吧？不，不是逮捕，他是在那天晚上冻死在了大雪里的啊！"

伊津还颇有怨气地说自己的丈夫也看到古市一等兵了，她不想他也有灵力，也希望驱狐术和镇魂术这些家传的被术，能在父亲这里结束。

"真是让你失望了，那个家伙并没有这种能力。灵力是与生俱来的，并非是靠修行就能得到的。"

"如果这样，为什么要让他经历那么严酷的修行呢？"

"为了接近大山，亲和草木，锻炼身心。"

伊津犹豫着还想说什么，但是父亲像是为了阻止她寻根问底似的，强硬地让她死了这条心。

"古市先生是个通晓事理的人。虽然在战场上受了很多苦，但是光荣负伤后又康复了。人家为了给你道贺，特意前来拜访，有什么稀奇的呢？"

伊津仿佛走出了迷雾一般。

对呀，这样的话就完全没什么稀奇的啊！

"他已经离开军队了吗？"

中分的头发，是地方人的象征。

"好像是服役期满而退伍了，因为在战场上伤了右手，所以不能握刀了。"

"那我们让他来我们家吧。即使不能拿刀了，但还有很多其他的工作可以做。"

"不行。"父亲什么理由都不说，就这么直接否决了，而且特别坚决。

"为什么？他是为了国家而变成现在这样子的。我们至少应该照顾他吧。这也是神的旨意啊。"

"不行。"

"请允许我问一下理由是什么。"伊津逼问道。

不知道是军队比她想象的要宽容很多还是芳贺少尉尽力保全

了他，反正古市一等兵没有被问罪，反而去了战场，洗清了污名，最后还负伤退伍，这实在是一个谜。

"不行！"

"我实在是不能理解这是为什么。是我看错父亲您了吗？"

父亲的面上终于有了一丝动摇，说了一句骇人的话。

"那个人……是个不洁之人，不可以让他住在山上。"

那个夜里，伊津是和夫婿手牵着手睡觉的。伊津很烦闷，并没有洞房的心情。最终，夫婿也没有勉强她。

比起他温柔的关心，伊津更高兴的是，她的夫婿是一个正常的、不会读心术、没有灵力的人。

父亲说古市一等兵是不洁之人。这是在说他沾满了战场的鲜血，被污染了吗？还是说他上前线杀了俄国兵？

但是，不管是哪一种，他也只是在执行天皇的命令而已，作为侍奉神明的父亲也没有说人家这样就不洁的理由。那么，到底是哪里不洁？

伊津越想越觉得不寒而栗。

伊津和父亲虽然心灵相通，但是这一次，父亲在心里砌起了一堵墙，把伊津挡在了墙外。

可能是感觉到了新婚妻子的战栗，夫婿把半梦半醒中的伊津揽在怀里，把自己的肩膀给她做枕头，就这么抱着她睡着了。

5

第二天一早，古市再次来访了。

昨天他住在别的斋房中，他马上就要下山了，还没有给大家问候，所以就顺便过来了。

他穿着一身和式礼服，左手拿着一顶极不相称的鸭舌帽。用包袱皮系着的黑色蝙蝠伞杵在台阶上，他弯下腰，恰到好处地鞠了一躬，行了一个完全没有军队气息的礼。昨天伊津由于太慌张所以没有留意，他的右手确实无力地缩在一旁。

但是，伊津已经完全不害怕了。她如今知道古市不是什么鬼魂，在受伤后仍然从战场上生还，虽然父亲说他是不洁之人，但是也算是运气很好的勇士了。这样的荣光，似乎把眼前这个小小的人都照耀得闪闪发光起来。

父亲和母亲都没有要请古市进屋的意思。明明还是九月中旬，但是已经刮起了瑟瑟的秋风，早红的枫叶在台阶上散落着。前儿天还一直欢叫着的夜蝉，好像忽然间都死掉了一样。

伊津猜，古市肯定是有事相求。他曾经惯用的手失去了力气，不要说拿刀，就是一般正常的工作都做不了，所以他才借道喜的机会来山里，求父亲收留。

也许昨天他就已经在某个时候求过父亲了，但是被父亲拒绝了吧。他既是来求伊津的，也不能说人家只是来吃闲饭的，但父亲却真真切切地说过人家是"不洁之人"这样语焉不详的话。

伊津感到有些愤怒。父亲即使被尊称为大师，也终究是凡尘中的薄情之人啊。在想要抓住救命稻草所以才再次拜访的古市的心中，他十分清楚，自己被当作污秽之物一样被人拒之门外。

两个人在台阶上下站立着，又像在赌气似的。

"不过，你的运气很好。只有你一个人生还了。"

伊津的心里一惊，抓住了站在父亲身后的母亲的手。

"只有一个人……"母亲摸着袖子，低声说，"大家都战死了。"

听到母亲这句话，伊津不由自主地把头埋了起来。母亲所说的"大家"，肯定是指的以芳贺少尉为首的炮兵队。

古市继续解释道："当时敌人的炮弹在接近，正想要变换炮座的时候，一门野炮被砂石卡住，不能动。于是大家都过来一起推。这时候，一枚炮弹直击而来……此外，阵地里还堆积了山一般高的榴霰弹。"

还想继续说下去的古市痛苦地低下了头，然后摸着残废的右手，低语着道："运气很好吗？"

伊津再也忍不住，催促了一声："父亲！"

她想要劝劝到现在为止都没有丝毫怜悯之情的父亲。

"闭嘴！"

父亲头也不回地向伊津训斥道。

然而伊津并没有怯懦，直言道："明明芳贺少尉都没有抛弃古市先生，难道父亲要装作不知道吗？我无论如何也不能承认这样的做法会是遵守了神的旨意。"

夫婿不知道什么时候过来了，犹豫着拉着伊津的袖子。"好了好了，你就不要再管这件事了。"他小声劝道。

终于，父亲在台阶上坐下来，从怀里拿出用怀纸包着的饯别礼物，递到古市的手里。

"请收下吧。"

冷冷的语气，就像是把昨日古市送来的贺礼原封不动地退回去了似的。

然后，伊津明白了刚刚父亲说的那句严厉的"闭嘴"，那并不是在说自己，而是说古市的。

父亲这个态度，实在是非同寻常。

"我并不是这个意思。"

"不，敝社也并无他意。出尔反尔，我也心有惭愧，但是敝社也有敝社的难处。"

拿着饯别礼物的古市哭了。

"小女还不太能理解，我会再与她解释。"

父亲像是要甩掉古市似的，和母亲迅速离开了，伊津并不明白父亲的真实想法。

伊津没有走到父亲刚刚站着的那个地方的勇气，她在门口的横框那里注视着古市。

"你不应该跟父亲顶嘴的。"夫婿摸着伊津的背说。

感受到这种来自于凡俗之人的温柔的瞬间，伊津终于明白了父亲所谓的"不洁"是什么意思了。如果是那样的话，笼罩在古市身上的所谓的好运和荣光，转眼间就像穿上了一件被打湿了的革子衣服一样，暗淡无光。

"炮兵队的朋友们是在何时何地牺牲的？"

"不要这样。"夫婿劝道，"不能问人家不想回忆起的事情。"

古市歪着头答道："去年的十二月二十七日。当时上级下令无论如何都要在年内拿下203高地，所以炮兵队进入了二龙山的正下方。"

像杀小虫子一样死了一万五千四百名日本兵之后，俄国军队终于在第二年的元旦举白旗投降了。

伊津闭上了眼睛，回忆起在那年大雪纷飞的院子里，虽然已经筋疲力尽，但仍然整齐排列在那里的士兵们的样子。

"寒天大雪中，步兵要突击，炮兵就不得不连续发射……"

古市一等兵不是逃兵，也不是在训练中走失了。不，那个时候的近卫炮兵队已经在大雪纷飞的战场上全部死去了。

"我因为力气小，在变换炮座的时候，被小队长命令去搬弹药。我并不是什么运气好或者别的什么，只是因为我在那里碍手碍脚，所以抱着弹药箱出了阵地，幸免于难。结果，有用的人都死了，一个没用的人却活了下来……"

古市把脸埋在鸭舌帽子里号啕大哭起来。

那天发生的事，伊津说不出来。难道说，当时在寻找失踪士兵的芳贺少尉和三十人的炮兵队，其实早就已经命丧战场了？

就是这样，古市就被称为"不洁之人"了吗？恐怕父亲是对灵异之事持有恐惧，从而告诫伊津不要与他接触吧。

如果是这样，父亲直说一句"不洁之人"，的确是最恰当的了。

伊津这么想着，再也不反对父亲了。

"请到此为止吧。"

夫婿并没有特意对着谁说，而是平静地安抚着两人。在听到这句话时，伊津立刻感激地落下泪来。日本武尊虽然指挥战争取得了胜利，但那些战死在异国的军人们的灵魂，天皇会下令，让神官们把他们召回到御岳山。

"神啊，这是怎么一回事啊？"

"没有，什么事都没有。"

比起能看见别人看不见的东西、听见听不到的声音的父亲和自己，这个人的仁慈之心，其实与神职更为适合。伊津想，夫婿一定能成为神明所期望的样子。

伊津仰起脸来，在一片摇曳在空中的枫叶后，看到了古市跟跟跄跄地离开的背影。不过，无论怎么看，他都不像是从 203 高地战争中生还的人。

在穿过长满苔藓的柏树制成的里门时，他戴着鸭舌帽，微微歪着头，静静地行了一个礼。

6

在故事的最后，舅舅说："我并不是憎恨美国军人。我是不能接受这里被他们当作旅游景点，拍照留念什么的。"

"他们一定是把这里错认为神社了。"

不知什么时候，提灯的火灭了。放鞋的石板以及房子的屋檐上，洒满了点点星光。

"神明并不是被困在神社。御岳山是神的山，神存在于每一个地方。"

"这里也有。"

"是啊，因为是神山，所以是不可以胡闹、嬉戏、拍照的。"

祖父母有八个孩子，虽然也有说是十一个或者十三个的，但是顺利长大的只有八个。舅舅和我的母亲相差了将近十五岁。

母亲经常挂在嘴边的，无非是"你们的外祖母就是生了太多孩子才短命的"这一类的话。在我听来，那是母亲为连两个孩子都养不过的自己感到愧疚，同时也是对外祖母抛下年幼的孩子撒手人寰的一种怨恨吧。

老家的宅子曾经是军队宿舍这件事，我并没有从母亲那里听说过。输了那么惨烈的仗，死了那么多人，最后连军队都没有了，想必提这样的话题也变成了一种禁忌吧。这么想的话，舅舅对美军的感情，我多少也能理解了。至少，比起那个神山的解释要强些。

我们仰望着这片圆形的盛满星光的夜空，想着军人们是不是变成了星星。

刚这么一想，舅舅就在心里回答了我。

"并不是因为他们是军人所以才会升天变成星星，死后大家都会变成神的。"

想到那些曾经让母亲痛哭的人的脸，我觉得这样好不公平。

星空下的庭院泛着淡淡的白色，让眼前的一切变得模糊起来。

"那时应该挺冷的吧。"

舅舅说，军人们当时就穿着鞋在长屋库房的泥地房间里睡觉。战争的残酷虽然是我无法想象的，但是山上的寒冷我却深有体会。如果拿着刚从水里捞出的擦手巾在院子里挥舞一圈，不一会儿，手巾就会变成半截木棍似的，冻得又冷又硬。

沉思了一会儿，舅舅突然嘟囔了一句："华北更冷。"

"203 高地呢？"

"谁知道呢？也许更冷吧。"

在秋虫开始聚集的庭院里，我和舅舅坐在一起仰望着夜空，发起呆来。

第三章

天狗的新娘

1

宴会气氛正浓之时，突然房间里的灯全都灭了。

错愕的声音一闪而过，被黑暗吞噬的人们一言不发，连一丝身体扭动的动作都没有。

住在客房的客人中，有摸着柱子，探手出去叫人的，但是在这百叠宽的大殿里，所有人只能一动不动地待着。何况宴会的规模很盛大，光是作为年幼孩子的我，面前就摆放了两三盘菜。

山里的回声不断传来。那是茂密的千年杉树、柏树在竞相舒展枝叶、摇曳树干的声音。这和在城市里长大的我所习惯的喧闹不同，这是天然的大自然声音。

"没关系的吧？"我紧紧地搂着母亲的手问。

"不用怕。御岳山的神明们才不会输给那什么天狗呢。"

在神山的神官家庭中出生成长的母亲，总是习以为常似的，不管问她什么，她的回答总带着故事性。

人们最终还是出声了。

"这阵风好像非同寻常啊！"

"……尤其还是在这样的山里面。"

"即使要避难，也没地方跑啊。"

听到这些不安的对话，我觉得自己今天估计活不了了。在这样的黑暗中，我是会被风吹走，还是被山体滑坡所掩埋？最后我什么都不知道，就一命呜呼了。

那个时代，还不能得到准确的气象信息。每当听到台风要来了，我就会半凑热闹地去给雨户钉上钉子，或者给玻璃窗子加层木板围起来，虽然不知道这些准备是否能奏效。

黑暗中，那边坐在上座的父亲开口了。

"就当成是一种助兴吧。这个房子是百多年前建的，在关东大地震的时候都毫发无损，不用担心！"

跟总是恍恍惚惚的母亲完全相反，父亲是一位无时无刻不在计算得失的现实主义者。但是，现在这种时候，比起母亲刚刚那种"至少不会输给天狗的"这样的话，父亲的话更让我安心。

光，慢慢地出现了。往厨房去的那个方向上，女人们排成一排，缓缓地拿来了高脚烛台。

总的来说，在这座神山上，没有人出现急躁的行为。神官和巫女们的巫事举止，又成为人们议论的焦点。

在我和母亲面前摆放烛台的是一位看起来像少女的小个子的

阿姨。她是母亲的姐姐。她有着"学文路"（日语发音里，这是"侍奉妓女的少女"的意思）这么一个不可思议的名字。不管任何时间、任何地点遇见她，人都免不了多看她几眼，像是能透过她看穿对面的风景似的。

"多谢姐姐。"母亲低头道谢。

在长幼有序的严格的大家族里长大，对于因为身体虚弱而错过了婚期的姐姐，母亲格外上心。假如我和表兄妹们学着大人叫她"学文路"的话，母亲会严厉地叱责我，要我叫"学文路姨母"。

据说她的名字，汉字写作"学文路"，但是实际上是从女神的尊称"神漏美"中而来的。

回想当年，好不容易从战场上捡回一条命的父亲，在新宿的黑市里立下了足。

具体的情况我也不是很了解。父亲年轻的时候在立川的美军营地出入，回来的时候顺便去了奥多摩，然后在那里遇见了经营宿坊的神主的女儿。从那以后，两个人频繁地来往，最终私奔成家了。但是，很有经商头脑的父亲，不久就事业有成，在我刚懂事那会儿，就经营着一家有着几十个员工的摄影器材店。

富裕了的父亲开始不断地开着自家的车和营业用的车去御岳山，向神社捐很多奉纳。此外，本人还成为信徒，结成了讲社。

我想，正因为父亲是讨厌向别人低头的性格，所以才努力赚钱，来冲抵当初和母亲私奔犯下的错吧。总之，父亲应该是只在那个年代存在的那种蛮不讲理的男人。

那天，父亲也是没有把逐渐接近的大型台风当回事，老早就和一大群社员按时出发上山了。

我没有那天前后的记忆了。但是我记得，那一天，正是发生那场导致五千多人死亡的伊努湾台风的夜里，1959 年，昭和三十四年九月二十六日还是二十七日的那天。

那一年，我七岁，母亲三十岁，父亲三十三岁。

父亲在神田美土代街的电车线前建造了总部大楼，在新宿的三越的附近还有一家小卖店。仅仅用了十年时间，这位黑市的捐客成功地创立了一家批发商店。

即使是因为战后复兴的需求造就了当日经济的繁荣，但是从军队领到了一块毛布就复员的父亲，万万没能想到，他会有这样的飞跃。所以，他认为这也许是御岳山的庇护。所以，从那是起，他开始参拜神明，这样想来也是合乎情理的。

后来，曾经极力反对父母婚事的外祖父过世了，舅舅继承了家业。父亲思量着，这是和承蒙庇护的丈母娘家修复关系的时候了。于是，年轻的社长和年轻的社员们，雄赳赳气昂昂地把台风抛之脑后，义无反顾地上了山，也许当时他们完全不知道这场台风的规模有多大。

如今，在大殿里的宴会刚开始的时候，天狗就出动了，强烈的狂风暴雨席卷而来。

在黑暗宴会的最高潮时，学文路姨母又来了，说："由于风太大，今日不能提供沐浴了。"

在那时，姨母的话语中仿佛有一种不可思议的威严。旁边的男人们都没有想过这会不会是一个玩笑，立刻像接受神的训话似的，齐声回答："是！"

2

说到巫女，在那以后，我上中学的时候，看到过一次姨母穿巫女的衣服去神社的样子。

好像是一场祭祀结束之后，有个年轻的巫女身体不适，又没有别的合适的少女前去顶替，于是姨母便被挑选出来，去做顶替者了。

我想，那个年轻的巫女当时应该是来月事了吧。那样的身体情况，通常被认为是不够纯洁的。本来，当选巫女的硬性条件之一，就必须是还没有来月事的少女。

那是离暴风雨那夜以后好几年的事了，那个时候姨母也应该有四十岁了吧。虽然她嘴上说着"哎呀，我这个年纪去顶替也太丢人了"，但是还是被迫答应了，毕竟祭祀临近了。

错过婚期的姨母，小小的身子越发瘦小了。她在小宿坊里帮忙打理家里的事情，穿着不知是何年何月的绸布衣服，特别忙的时候，也会穿着印花的裙裤，像个劳动妇女一样。

沐浴更衣之后，姨母去御神前驱邪。

当姨母出现在走廊上的时候，我简直不敢相信自己的眼睛。

山上的巫女曾经都是少年们的梦中情人。此时的姨母，与传说中的"少女"虽然相去甚远，但是这身装扮，也算得上是十分美丽了。她那张像人偶娃娃的脸上，只是点了点口红，化了眉毛，仅仅如此，便似乎化身为太古时期的女神，十分庄严神圣。又黑又长的头发向后拢成垂发，白衣胜雪，裙裤如同刚刚燃烧过般的鲜红。

"麻烦你牵我去神社。"姨母有点羞涩地跟我说。

"您的眼镜呢？"

"不是有很多人会看吗？"

姨母是高度近视，连沐浴时都得戴着眼镜。她的眼镜完全像是放大镜一样厚，既遮盖了她的表情，也遮盖了她的美貌。

她觉得做巫女戴眼镜太丢人，但是不戴的话，根本连站都站不稳。

我无法拒绝姨母的要求。

我握住她的手离开长屋门，踏上了去往神社的杉树林间的石板路。姨母微微向前佝偻着身体，像是想要极力看清楚前方似的。走到有人的参道上时，她就用袖子挡住自己的脸。在鸟居前的广场上，虽然也有人主动打招呼，但是她也只是微微点头，然后就迅速离开了。

离开了鸟居后，有一条很宽的石阶通向随神门。那里是讲社团体的客人们拍摄集体留影的地方。在那里的时候，姨母很早就屏住了呼吸。

在红色的随神门的两侧，镇守着的是左大臣和右大臣的神像，他们眼前俯瞰着的是关东平原。

"让我休息一下。"姨母喘着气说，然后就背靠在了朱红色的墙上。

山顶的社殿还很远。

从房子里出来，我就感觉一直被一种奇怪的视线盯着。那个人不是姨母，我想，那应该来自几个年纪比较小的表兄妹们。事实上，确实是有很多表兄妹为了维护血统的纯正而结婚。

那个靠在随神门的红墙边站着的美丽巫女，我仿佛觉得她会什么时候变成我的新娘。

调整休息了之后，姨母有意无意地抬头看了一下这片树林。

"我就是在这里被天狗抓走的。"

我有点莫名其妙地看着她，但是她并不像是在开玩笑。

"六岁的时候，就在这个随神门的下面。"

姨母的声音，像是个临终之人发生的一样，断断续续。

"当时，我给在神社守夜的父亲送完便当回来的路上，想着坡上的雾应该已经完全散了吧，结果突然狂风暴雨，我就跑到这里来避雨……"

"在森林里，天狗出现了。"姨母说，"那是一个像是修行了很久、高大入云的大天狗。它一边念着咒语一边结印，然后我就立刻被绑住了，动弹不得。"

"我被揽到天狗的怀里飞到了天上，般若心经让我心里十分平静，一点也不觉得害怕。"

虽然我从母亲那里听说过这件事，但是因为太过荒唐无稽，便没有放在心上，毕竟母亲是一个说话虚实不分的人。

根据母亲的讲述，当时，一个小个子孩子失踪了，山上所有的人都出去找了，造成了巨大的骚动，结果连脚印都没有找到，仅仅是在随神门的内侧发现了一只红色的木屐。大家都想着，如果孩子是被鬼怪抓走的，为了让鬼怪放孩子回来，他们就不得不向神明求助。而正当神官们商量着要怎么向神明求助的时候，第三天的晚上，意想不到的是，姨母自己像是从学校放学回来晚了似的，毫发无损地就回来了。

"真的什么都不记得了吗？"

回忆起母亲讲过的故事，我又问了一遍姨母。

"我回过神来的时候就已经站在这里了。唉，然后我就发了一会儿呆，怀疑自己是不是做梦了。"

回到家里的姨母歪着头想了好久，努力回忆自己这三天到底去了哪儿、干了什么。身上的衣服还是干干净净的，至少说明没有在山里流浪过。那样的话，又是在谁家里呢？山上的神官住的房子总共就三十间，储物间和佣人住的地方加在一起的话，总共也才五十来间。如果住在那儿的话，不可能不知道山里出了这么大的事的。

唯一的线索，就是姨母的木屐。在随神门落下的是红色的木屐，但是她回来时穿的是系着白布带子的，看得出来是新的、大人穿的梧桐木屐。

但是，祖父母拿着那双木屐到处问了，也没有谁对这鞋有印象。

最终就像她本人所讲的那样，大家都认为她是被天狗抓去了。外祖父去神社把木屐烧了，表达了对神明归还自己孩子的感谢，就当彻底了结了此事。

我从母亲那里听到的故事大概就是这样。

远远地，从石阶上的浓雾那头，传来了沉沉的太鼓声。

难道是没等巫女到位就已经开始祭祀仪式了吗？

"不能在这个地方闲聊了。"

姨母拉着我的手离开了随神门。姨母的手虽然有点小，但摸起来却和母亲的手掌感觉很相似。

3

话说回来。

暴风雨的那个夜里，是在烛光和手电筒的灯光中迎来了深夜的降临。

风雨越来越大，又不能烧水洗澡，宴会便早早结束，人们各自回了房间。

从大殿出来，四周的回廊下的雨户被台风吹得都变形了，飞出的树枝和石头不断地打过来。整个房子，看起来仿佛就是被狂风暴雨包围着在进攻似的。

大台阶上去后的二楼，有一条半间宽的走廊，隔扇和隔窗隔开的一间间客房在走廊的两侧。这里最初是给讲社中前来参拜的人住的，本来没有多余的这些隔墙，如果没有这些东西的话，二楼就会和一楼的大殿一样大。

那个时候，随着登山客和观光客的逐渐增多，在眺望视线比较好的东侧，建造了一栋被称为"新馆"的房子。虽然打着民宿的招牌，但是作为三多摩地区首屈一指的面积最大的建筑，新馆确实和民宿的名头太不相称。

那天夜里，母亲和我睡在老的正房，父亲则睡在新馆一个有阳台的房间。可能性格比较孤僻吧，父亲不管在家里还是在旅行的地方，都不跟家人住一间房。

在黑暗的走廊下与父亲分别的时候，我抓着他的衣袍的衣角央求道："求求您，和我们一起睡嘛！"

在暴风雨的夜里，我虽然多少有些心中不安，但更多的是担心父亲在新馆那边不太安全。那个房间的阳台下方是悬崖，可以从脚下俯瞰到大宫司的房子的茅草屋顶。神官们的家都是延着参道而建，所以虽说是邻居，其实可能隔着断崖，需要在山崖上上上下下才能到达彼此家中。

年轻人裹在被子里低声私语地搭讪，而后变得断断续续，不久就安静得如死般沉寂。

风雨来得越发猛烈了。用御岳山上的巨木做的房子纹丝不动，但是用木头精妙组合起来的房梁和柱子一直在不断地嘎吱嘎吱作响。

我央求母亲给我讲睡前故事。

"暴风雨，其实是天狗在作乱。天狗用一把巨大的扇子不断地扇，然后就形成了这么大的风。"

接着，母亲开始给我讲御岳山上流传的天狗的古老故事。

说起来，我还从来没有在母亲那里听过能让人安心入梦的故事。母亲说的大部分都是些神怪故事，或者一些很悲惨的故事，还有就是战争的残酷回忆……如果是自己亲身经历的事，她就稍加虚构再说出来；如果是听来的事，她就把它说成是自己的亲身体验。

但是，也正因为如此，母亲的睡前故事总是十分有趣。

而我，就是在这天晚上听到母亲讲姨母被天狗抓走的故事的。

4

屋外暴风雨不断地怒吼着。

所有人在黑暗中一动不敢动。房子仿佛是一艘行驶中的船，在惊涛骇浪中不断被暴风雨拍打着，船上的人只有听天由命。

天空在不断地呼啸着，森林颤抖着，有时能听到大树倒下的巨响。屋外传来的物品撞击声也越来越大。我想，会不会有人在睡梦中被风吹走呢？

越这么想，我便越害怕得睡不着。我摇醒母亲，她只是迷迷糊糊地回我一句："没关系的，不用怕。"

最终我一个人无法再忍受这种恐惧，从被子里爬了出来。

我打开旁边的橱门，掏出怀里的手电筒一照。白天和我一起玩耍的同龄人都已经鼾声大作，睡得很熟。在这个生死攸关的时候，大人们还能睡得这么沉，我感到十分不可思议。我猜想他们是不是被天狗使了什么魔法，让他们一个都不剩地睡死过去了。

我爬到大楼梯口，一看，吓得赶紧又缩了回来。

光线的那头，照出的是一个瘦小的背影。

是姨母。姨母坐在第一个台阶那里，像挨了训的孩子一样哭着。

我关了手电筒，在黑暗中仍旧能看到那个穿着白色睡衣的背影。

不光是身体，连心理也有些不成熟的姨母，白天和小朋友一起玩的时候，因被一些话伤到而哭了。

姨母如今看到妹妹有一个这么优秀的丈夫、懂事的孩子，又带着一大群年轻信徒衣锦还乡，应该是很羡慕的吧。不能说是嫉妒，也不是恨。她只是在这样一个当年兄弟姐妹们小时候排排站玩掷布袋的地方，自己默默地伤心。那个时候大家都是一样幸福的，也只有在这个没有任何人知道的地方，她可以尽情地哭泣。

我想应该是这样的。

这个时候，我的作用就是负责去安慰她。

在这不久前，姨母来东京拜访过我们家，曾经和家人们聊着聊着就潸然泪下，我完全不知道是什么原因。我猜想，祖父母后来还劝过她，跟她说过"这里不是哭的地方"这样的话。当然，才七岁的我固然不可能无端臆测，只是从祖父母平日的对话中猜测到的。

可是现在，我既没有去安抚她，也没有去安慰她。我不能温柔地去跟她说话，可是如果我什么也不做就回去的话，又觉得自己太懦弱了。所以我就只有在暴风雨中一边提心吊胆地忍着，一边在楼梯上一直蹲着。

当我再次把手电筒打开的时候，姨母回头看了过来，厚厚的眼镜片反射成一片白色的光，在黑暗中闪烁着。

姨母立刻发现了是我，并向我招手。可能因为眼睛不好，所以，姨母的第六感在黑暗中更准确吧。

我走下了楼梯，坐在她旁边。

"你是害怕得睡不着吗？"姨母把我的肩膀揽了过去。

此刻，我放任自己的身体沉浸在这种温柔的力量中，心灵和身体上的束缚仿佛立刻就被解开了。

"太浪费电池啦！"

姨母把我手里的电筒关掉了，似乎是因为有人撞见自己独自哭的样子，从而感到有点害羞。

我们在楼梯上坐着，周围又重新陷入了黑暗。姨母的脸和白色的睡衣，在相互映衬下发出淡淡的光。

我虽然心里想着要说点什么来安慰姨母，但是却想不出合适的说辞。

我仅仅知道，和幸福的母亲相比，姨母是不幸的，但是却无法懂得大人的想法，更不知道怎么才能抚慰她的心情。

"并不是那样的。"

姨母读懂了我心里的想法。

"我跟天狗约好了，长大以后要成为天狗的新娘，所以它最终才放我回来了。但是大胡子爷爷用灵力护住了我，现在爷爷和父亲都去世了，天狗要来抓我走了。"

我听得毛骨悚然。

"舅舅会保护你的，没事的。"

姨母再次把脸埋在袖子里哭了起来。我不知所措，只好拍了拍她的背。

"哥哥是一个可靠的人。但是，反正我是一个多余的人，还不如去给天狗当新娘呢。"

姨母应该是和我一样无法入眠，然后因为在暴风雨的夜里十分害怕，心里深藏的恐惧和不安便越发强烈。这样看来，比起我的父母亲，姨母与我更加相似。

突然间，有什么巨大而又坚硬的物体撞到了走廊下面的雨户，吓了我们一跳。听起来仿佛是天狗从天而降，站在院子里踢雨户，以此来催促姨母下定决心似的。

姨母站了起来。

"就让我嫁给它吧。无论如何都只能是这个结局的话，那也只能这样了。"

我紧紧地抓住了想要走出去的姨母。我怕她一打开雨户，就马上会被天狗抓走。

这个时候，伴随着大地一声巨响，房屋开始摇晃起来。从远处传来人们的惊呼声，各处的槅门都接连不断地被打开。

姨母瘫坐在走廊下，反复地哭喊着："是我的错！是我的错！"

手电筒的灯光交织着，不知道是哪个佣人跑了出去。

房子还在持续摇晃着。不管是不是天狗在催促，反正房子的某个地方肯定是被破坏了，夹杂着水汽的风，从走廊的前端和楼梯的上面灌进来。

楼梯的旁边是接待客人用的茶室。被惊醒的女人和孩子们惊恐地哭着朝那里聚集，姨母和我也打开隔扇，从楼下回到茶室。

在那个房间的一角，有一个成年人用双手都搂不过来的大黑柱子。大正十二年，关东大地震的时候，曾祖父曾号令全家人向那个柱子靠拢，直到地震停止前，所有人都在那里一动不动。

可能有谁还记得当年大地震的事吧，有人喊了一句"去柱子那里"，然后所有的女人、孩子都一个不剩地去了黑柱子支撑着的茶室，茶室的案上还放上了烛台。

不知从哪个破洞吹进来的风，房子被吹得像气球似的不断膨胀，我担心房子会不会被吹爆。

"新馆！"有人这么喊了一句。

"新馆那边没问题的，我丈夫还在那儿睡觉呢。"母亲有些不安地说着。

这时候我发现，本来一直在我身边的姨母，不知什么时候已经变成了母亲。一直牵着我的手，也变成了母亲的手。

我向四周望去，朦胧的烛光中，已经分不清谁是谁，还有人拿着被子和毛毯蒙在头上。扫视一周，我却依然没有发现姨母的身影。

我隐约觉得，如果现在勉强去找姨母的话，可能会看到什么不能看的东西，所以便放弃了寻找的念头。

5

房间里当时并没有电视机。停电之后，连广播新闻都听不到了。

大家只知道，有一股强台风在关西登陆，给浓尾平原造成了严重的水灾，好像也造成了大量的伤亡。

担当地区信息传达和通信重责的有线电话，也在深夜中断了。

也就是说，处于深山里的神官们的房子，就好像是在暴风雨的海上抛锚的船，一个个都是孤立无援的，只有一直忍耐、等待。

"我去新馆看看。"

母亲说完这句话便欲起身，但是周围的人拦住了她。在山里，为神服务的男人是有着绝对的权力的。即使是在关乎生死的问题上，女人也不能自己做主。

但是人们并不是在担心母亲，而是以道德上的名义在绑架她。按照这种所谓的道德观来看，当年和身份不明的男人私奔的母亲，如今能有现在这样富足的生活，肯定令人难以接受，因此也就不能被原谅。虽然可能母亲觉得自己是衣锦还乡，父亲则通过大方的捐赠来减少自己的过错，但是在其他人眼里，这些反而更招人妒忌。

但是，好在当家的舅舅是个宽容的人。

在暴风雨之夜的茶室里，女人们对母亲的议论从未停止过。在她们眼里，母亲的幸福是打破了一直以来的、她们遵守的所谓的"规矩"而得来的。在这里，没有一个女人是因为"喜欢"而和自己的男人结婚的，孩子们也都是上天赐予的。在那个时候，我切身感受到那种令人无法逃脱的窒息的气氛，恐怕也不仅仅只是暴风雨所带来的不安全感吧。

正在这时候，从外面走廊下的那一头，传来了"喂——喂——"的呼喊声。

我听出了，那是父亲的声音。不知是怎么回事，父亲叫人的时候总是不叫人的名字，即使是家人之间，也总是以"喂喂——"来代替，所以我和母亲是绝对不可能听错的。

我钻出人群，来到走廊里。大殿关着的白色隔扇，清晰地映照出父亲巨大的身影。

父亲像个野兽一样——或者说，像在战场上拼死战斗的士兵一样，指着自己所在的地方，不断地喊"喂——喂——"，但是并没有具体地对着谁在喊。

然后不知怎么了，他便从走廊的那头慢慢地一步一步向这边靠近。

这时候，有人在我身边"哇"的一声哭出来，但这个人却不是母亲。

又不知是什么时候，母亲又变成了姨母，一直牵着我的手，又变成了姨母的手。

此刻，姨母像个孩子一样边哭边说："请饶了大家吧！我会嫁给你的，不管是去哪里，我都跟你走！"

她应该是把父亲高大的身影误认为是从房子的风洞下来的天狗了吧。或者说，她的脑海中突然涌现出母亲当年和父亲私奔的鲜为人知的经过？

我不知道。

屋外，狂风暴雨的声音呼啸不停，茶室又有不断在哭泣的孩子，所以，真正听清姨母说话的人，可能只有我一个。

终于，父亲像是从深渊中爬出来的人似的，面容渐渐清晰了出来。他的全身都湿透了，从额头到脸上都流着血。

"我们睡得着正香呢，墙壁和柱子突然都摇晃起来。啊，我还以为自己死定了呢。"

父亲向惊呆的人们讲述自己的经历，没有丝毫后怕，反而很兴奋的样子。

6

那天夜里，女人和孩子们各自裹着被子和毛毯，在茶室的御神前睡了一夜。

渐渐远去的暴风雨仿佛退去了热情，一切又重归宁静。

平日里，我都是被雨户打开的声音吵醒的。而那天，被母亲摇醒的时候，我还在梦中，睡得很沉。

在阳光照耀下的回廊里，舅舅和父亲在商量一天的工作。按照原来的计划，父亲一行人应该去神社，然后进入前殿，奉上捐赠的目录，再受洗礼。

"要不要改天？"舅舅问。

"不用。变成现在这样，神也需要开支吧。"父亲说。

父亲的额头上贴着一个大大的创口贴，眼睛都肿了起来。这样一来，这张脸看起来更加凶恶了。

我拖着木屐出了门，眼前的景象让我的呼吸一顿。

我眼前出现的便是神社。长屋门的房顶上、院子里，到处都有被风吹来的树枝和残缺的树干。

就在昨天，眼前这一带还是茂密的杉树林，只有从树枝间的空隙，才能稍微瞥见神社那朱红色的大殿。

然而现在，山顶的神木，在一夜之间全部消失了。没有任何树木遮挡的神社，就这么清晰地出现在眼前，绵延的石阶也完全露了出来，路上也堆满了倒下的树木。

此时的我，才感觉到天空是多么的宽广。

舅舅和父亲边聊天边走出了门。

"话虽如此，但现在这个样子——"

"除去女人和孩子的话，其他人大都是比我精力旺盛的年轻小伙子。没问题的。"

"那好吧，如果改天再举行的话，也会耽误你的工作吧？"

"择日不如撞日。我是这个意思。"

舅舅穿着白色的上衣和浅葱色的筒裤，父亲也穿着礼服。他们俩心里分明都已经决定好了，但是面对眼前这般如此严重的自然灾害，即使只是接受大规模的捐赠，在形式上，也必须要互相斟酌商议一下。

父亲正值三十多岁的年纪，舅舅比父亲大一轮，两人都属鼠。生于艰难的年代，他们俩都是历尽辛苦才长大成人的。

我突然想去看看新馆什么样子。

表兄弟们跨坐在倒在院子里的树干上，像吊着晒的鱼干似的，仰着头看向二楼。

我也加入了他们的队伍，成了一条鱼干。

父亲睡过的新馆的二楼，像是用劈柴刀斩断了似的，柱子和房梁完全暴露了出来。

"应该是哪里的房顶飞了过来，撞上了。"年长的表兄说得好像亲眼所见似的。

我小心翼翼地挪动脚步，往恐怖的山崖下看去。在大宫司的房子门前，确实有一个红色的镀锌薄铁皮的屋顶，像是陷入了泥沼似的，陷在那里。

在此时，我才终于感觉到了天空的寥廓。和神社面前一样，这里也有很多倒了的树木，视野变得开阔起来，蓝天格外美丽。周围的一切，都在阳光的照耀下熠熠发光。

大树都倒了的话，某个屋顶被风掀起再撞过来，也不是不可能。

我抬头一看，父亲睡的房间，如今完全暴露在阳光下。原本位于东侧的壁龛、窗户什么的也都完全消失。在睡梦中突然发生这种事，也亏了父亲命大，只是受了一点轻伤。在那种情况下，即使父亲被风席卷着与墙壁、壁龛一起飞走，也一点不稀奇。

我试图想象了一下父亲在那个瞬间的样子，但是怎么也想不出来。他到底是裹着被子一直等着呢，还是那一瞬间抱紧了柱子，又或者是从房间里逃了出来？

但是，不管是哪种情况，这个形象都和父亲格格不入。也许暴风雨只是个借口而已，没准儿是他自己把房间弄得乱七八糟的吧。对父亲来说，想要与那些旧世家保持良好的关系，不管自己怎么努力变得和他们平起平坐，也只是会被那些个位高权重者蔑视，甚至戏称为暴发户。父亲气恼无奈之下，便只好亲手将这个象征着骄傲和地位的地方给毁掉了。

现在想来在黑暗的走廊中一边"喂——喂——"地喊，一边走过来的父亲的样子，与其说像是遭遇了灾难，不如说更像是完成了一件大事后举行的某种隆重的仪式。

我停止了胡思乱想，重新把视线放到残破的新馆上。台风过境后，遥遥望去，远处广阔的关东平原上，出现了一列一列的云。昨天还遮挡了这一景色的树林，如今已经全部消失得干干净净，御岳山成了暴风雨的通道。

"你们这些家伙的叔叔都太沉了，所以没有被吹走。真是万幸。"表兄弟们坐在倒下的树上，突然这么说。

可是在我听来，这好像是在讽刺我的父亲看起来个子小似的，于是心中颇有不快。

我想不到什么反驳的话，于是又开始胡思乱想了。

也许……父亲就是天狗？

又或许，只有姨母才知道这个秘密？

我的记忆到此就中断了。

大概父亲早已和年轻的社员们踏过杂乱的台阶，钻过倒下的树木，进入了神社里，按照计划中的一样，进行了神事，完成了捐赠仪式。

　　我已经不太记得我们是否在当天下山了。平日里存在感很低的学文路姨母，在那一晚成了我记忆中的主人公。暴风雨过后，姨母又立刻变回了原来那个可有可无的人，从我的记忆中消失得无影无踪。

　　无论如何，这就是我对于那个之后被命名为"伊势湾台风"的亲身经历。不论是自然灾害还是疾病、责任、事故、战争、悲剧，若非亲身经历过的人，总是不能理解的。每个人都有不同的因果业障，这是我在那个时候所领悟到的。

　　这件事情不久，最多一年左右吧，我的家便垮了。父亲的事业一落千丈，夫妻分裂，家人离散。虽然离婚这种事情无论在哪个年代都不算稀奇事，但是一个家庭某天突然间毫无预兆四分五裂，这种例子我还没有听过。

　　这件事充满了太多谜团，以至于到现在，我的脑子都理不清伊势湾台风和家庭离散的悲剧有什么关联性。

　　父亲之后又重新开始了事业，有了新的家庭，过起了安稳的生活。与父亲血脉相连的我，曾经每年一两次地去看望父亲的新生活。父亲像是对待前世因缘之人似的，对我冷冷冰冰的。即使给我零花钱，也不是因为父爱，只是一种无言的催促，意思是让我"快点滚回去"。他给我钱的时候，就像是往塞钱箱里投钱一样不耐烦。那个时候我就想，当年在神社举行捐赠仪式的时候，父亲可能就是以这种态度对待神明的，因为这样的秉性，所以才受到了这样的惩罚吧。

随着年龄的增长，我与父亲也逐渐疏远。我本以为，等到自己有了妻儿之后，多少就会了解父亲的心情，但是事与愿违，我变得越来越无法理解父亲。

莫说父子亲情，连一点人情味儿都没有的父亲，在活到七十岁的时候死了。

我觉得他的遗骸也并不是父亲的身体，只是一个非人类的东西的躯壳，是一具一碰就会粉碎的干尸，被扔在了棺材里而已。

不，父亲应该不是人类吧，他属于死后无法去天国也无法遁入地狱的那一种。难道他真的是在人间到处迷惑人心的骄傲自大的天狗吗？

御岳神社的参道上，如今还竖立着当年父亲主办的讲社的石碑。经历了半个世纪，那日倒下的树木又重新恢复了盎然生机。树林间漏出的阳光直射在石碑上，不知是否有父亲的名字刻在上面，我一直都装作不知道的样子走过这个地方。

不过，一想到父亲也许是天狗，而我则是人类和妖怪生出来的乖孩子，我还是觉得，多想想年轻时的父亲曾流露出的人性的一面，会更让自己心里好受一点。

7

拥有着神漏美这个名字的小小姨母，从那以后，又在出生成长的家里住了很多年。

一直辗转各地、居无定所的我，则会在休息的日子里回到御岳山。也因此，我擅自就把长屋门的一个房间定为了自己的房间，我在那个房间里睡觉，还用自己的碗和筷子享用着这里的一日三餐。

更加让我感激的是，这里的人并没有表现出对我格外怜悯的样子。可能在任何时代都会有像我这样的孩子吧。特别忙的时候，男子的劳力可是很重要的。即使有一两个吃闲饭的、整天无所事事的孩子，也并没有被当作是碍事的人。

但是难以置信的一点是，我居然没有对学文路姨母的记忆。明明有很多和家人、常客们的回忆，但在这些回忆中，却完全没有姨母的身影。

那次暴风雨之夜的事情，和几年后牵着作为巫女的姨母去神社的事情，是我仅存的对于姨母的所有的记忆。

姨母在过了四十岁后出嫁了，具体去了哪里我不太清楚。

随着年龄的增长，我也逐渐与御岳山疏远了。后来再回到山上，我便发现已经没有了姨母的身影。当然，她本来也是个连消失了别人也感觉不到的人，连这种程度的存在感都不曾有过。

我终于想起来了。那天牵着她的手去神社，姨母身上那种天真如少女般的可爱与美丽，清清楚楚地浮现在了我的脑海里。

姨母身上，除了已经展示在人前的那种美之外，还有平日里被谦卑所包裹和隐藏着的，然后突然有一天不经意地显现出来的美。我想，这样的美，在这个世界上应该还有很多。虽然我不太明白，那是用眼睛所看到的美，还是用心所感受到的美，但肯定会有那么一个人，在那个偶然的瞬间出现在你的生命中，成为你的命中注定。

也许是某个住宿的客人在某一个刹那间发现了姨母的美丽，所以立刻陷入了爱情中，发生这样的事也不是什么不可思议的。

恐怕姨母是被神明所选中的人吧。曾祖父肯定从她一出生就看出了这一点，所以才去神前给她求了这么一个名字，但是姨母小小的身体承受不住那么伟大的神力，所以一直那么小小的，停止了生长。

那个时候，姨母可能和这山上的众多神明达成了某种约定：从今以后，即使看到了看不见的东西，听到了听不见的声音，也绝对守口如瓶。遵守约定的姨母，总是像一个透明人一样可有可无。

我偶尔去御岳山的时候，也不知为何，总是从早上开始就想着姨母的事。

突然间有一天，一个电话打来，表兄弟和家人们都马上匆忙地下山了，那也是我唯一一次被要求留下来看家。

我对姨母死的时候的记忆很模糊。别说忌日是哪天，就算是哪一个季节，我都记不起来。因为那时确实是连一个住客都没有，那就应当是红叶落尽的寂寞冬季吧。

那是最让我感觉烦躁不安的一天，那天我是在大台阶上看书中度过的。那里离电话很近，也能听到客人从玄关进来的声音。台阶与长屋门中间只隔着一个走廊，所以我自认为，这里是最适合一个人看家的地方了。

那天的天空变得很灰暗，院子里也没有花。坐在台阶上看书的我突然感到一股纯净的气息，我抬起头望去，长屋门前杉树林间的小路上，打扮成巫女模样的学文路姨母，静静地站在那里。她那长长的黑发束在脑后，白衣白得晃眼，红色的裙裤则成为这个枯燥的冬天里唯一的亮色。

我想，或许姨母又忘记戴眼镜，即使升天了也看不清路，所以在那个地方站着不动了吧？

正当我准备起身过去的时候，姨母突然对着我莞尔一笑。

然后，像在御神前捧着御饷似的，姨母跳舞般背对着房子，静静地朝着通往神社的方向走去。我并没有去确认她到底去了哪里，而是把视线重新拉回了书上。

也许拥有神之名的姨母只是我的空想，也许她本来从一开始就不存在吧？

不，我不应该有这么冷酷的想法。

又或许，这是已经升天为神的姨母在默默地引导我，让我就这么认为吧。

姨母履行完小时候与八百万神明的约定后，就这么平静地去世了。

第四章

圣人

1

"如果困了的话就不要强打精神了，也不是什么多有趣的故事——"

每次睡前讲故事时，千登世姨母一定会这么说。

孩子们在被子里手牵着手，相互鼓励着今天晚上一定要听到故事的最后。然而不一会儿，他们就被千登世姨母舒缓温柔的声音所催眠，一个个都睡着了。能听到故事的最后的，总是只有我一个人。

千登世姨母出生于明治时代。她与母亲的年龄差距很大，几乎相差到看起来是母女的程度。千登世姨母本来嫁到了青梅的富贵人家，后来因故离婚，最后又回到了娘家。千登世姨母的任务，就是在暑假照顾我们这些回来探亲的表兄弟们。虽然也没有谁特意这样安排过，但是孩子们都把她当作早逝的外祖母一样对待，千登世姨母就是那样温柔、温暖、质朴的人。

这样的姨母，很适合"千登世"这个名字。

宅子的二楼走廊两边都排列着很多房间，每当有讲社团体在山上留宿的时候，这里的客房，包括楼下的大殿，会全部住满人。等到参拜结束，所有人都下山了以后，有好几天，这里都会变得空荡荡的。

昭和三十年的时候，个人旅行的游客还是很少的。山上虽然打出了民宿的牌子，但是实际上还是原来的宿坊。

在没有讲社团体入住的时候，之前一直分别随家人住在内院或门长屋的孩子们，就会任选一间最喜欢的客房，像夏令营一样，睡到一起。在那样的夜里，千登世姨母就一定会来照顾大家，然后给大家讲御岳山上流传的各种神奇的故事。

千登世姨母总是像寡妇一样，穿着一身黑色和服。

二楼的房间的窗户上没有窗帘，也没有隔扇。可能因为宅子是在茂密森林的山顶上开辟出来的，并没有要遮住阳光、调节光线的必要吧。所以我总是沐浴在如水般皎洁的月光和神秘的星光中，听千登世姨母讲睡前故事。

"那是很久很久以前的事了。不是你们外祖父的时候，而是那个很恐怖的大胡子爷爷当家的时候的事情了。"

千登世姨母其实并没有到那样老的年纪，但却像个老太太一样，弓着背开始讲故事了。

2

那个人，是在夏天一个新月的夜晚，不知道从哪里冒出来的。他坐在用泥土堆起来的前院里，一声不吭。

在通往浴室的走廊上，千登世姨母路过时，隐约看到了那个人的身影。她吓坏了，赶忙跑回浴室，向刚刚沐浴完、正在打理胡子的祖父报告。

"爷爷，爷爷，院子里有神仙来了吗？"

在孩子的眼里，看到修行者装扮的人坐在院子里，也只能联想到是神仙来了。

祖父盯着镜子大吃一惊。他端正了一下坐姿，立刻去走廊上。然后又像是并不着急似的，一直站在那里，直到自己的眼睛适应了黑暗。

很快，即使是在夜里，千登世姨母也看清楚了这不速之客的样子。

黑暗中，那个人穿着白色的铃悬衣，背后背着一个大大的方箱，金刚杖立在一旁。那个人并非坐于那里，而是单膝跪地，看起来精神抖擞的样子。他的和尚头上戴着乌天狗（长得像乌鸦的天狗）一样的头巾，项上挂着巨大的念珠，串着海螺的红线。

像如此打扮的修行者，到访御岳山也并非罕见。但是千登世姨母当时想，这个人应该跟之前的完全不同，这是一个真正的山伏（隐居的高人）。

奇怪的是，祖父也只是盯着山伏的侧脸不说一句话。而山伏也没有要回头看的意思。也许两个人是在较量着耐性。

宅子走廊上的雨户都关上了，山伏像是能看透里面的情况一样，一动不动。

千登世姨母觉得越来越害怕，吓得赶紧跑去叫人。即使在夏天也离不开火炉的父亲，当时正围着火炉看书。

"父亲，父亲，有山伏！爷爷的脸色看起来好恐怖。"

她的父亲作为上门女婿，并没有家传的灵力。那时候，家里不断会有人来乞求"大胡子大师"去驱狐或者算命。所以那时她的父亲也并没有很慌张，而是慢慢地合上书，很轻松地站了起来。虽然他是一个普通而平凡的神官，但对祖父的能力十分自信。

"这三更半夜的，有什么山伏啊。"父亲有点嫌麻烦似的说道。

3

"那是没有电视也没有收音机的大正时代。虽然说是三更半夜，其实也就八点钟左右吧。那时候，连一个像你们这些小家伙一样熬夜的孩子都没有。那时的小孩子们都相信，如果在九点以后还不睡的话，就会被天狗抓走。"

千登世姨母一边说话，一边按了按已经睡着的外甥和外甥女的被子。在海拔近一千米的山上，即使是夏天，也是需要盖棉被的。

"我和我父亲，也就是你们的外祖父来到走廊上，发现放鞋的石板附近的一个雨户是打开的。不知何时，穿着细筒裤的大胡子爷爷在那里，正襟危坐。再远一点的地方，院子的中心处，山伏跪坐在那里，两个人你瞪我，我瞪你，干坐着——不，也许他们两个在用他人听不到的声音一问一答吧。我记得，那一晚星光特别璀璨。"

千登世姨母起身左右看了看睡着的孩子们，又回到了原来的地方继续讲故事。

4

经过长久的沉默较量之后，山伏说话了。

"阁下就是以灵力著名的铃木大师？"

虽然他的声音很低，但却属于在荒山苦修锻炼出的声音，听起来很有力量。听起来，那人年龄估计是三十岁左右吧。

"没错，在下便是铃木。"

祖父回答道。神官家庭虽然好多都姓"铃木"，但是由于我们祖先最初是在熊野修行的，姓氏在发音的时候并不是一般读的平声，而是像关西那边一样，把第一个音节重读，然后再慢慢下降。

先祖在德川家康入主关东的时候，曾经担当驱除恶灵的先导修行者，后来被赐予在御岳山上，为皇家镇守西方。

"请问阁下尊姓大名？"祖父似有不悦地问道。

在山野修行的人，大半夜擅自进入他人家里，这种行为是很没有道理的。

"本未有俗名。去年在羽黑山，被赐法名'喜善坊'。"

山伏在走廊下膝行靠近，递过来一份用油纸包裹着的奉书。

祖父立即命人掌灯。

父亲高举着灯，祖父细细查阅后，才终于明了似的，把奉书还给山伏。

"那阁下来意为何？"

山伏的表情看起来很平静。

"我在去熊野的途中，听闻甲州的大师灵力高超，在去藏王权现（日本金峰山寺藏王堂本尊）座下之前，愿在大师门下修行。于是便翻越了大菩萨山，前来拜访。"

一般来者不拒的祖父看起来似乎对他的请求有些意外，沉默着没有说话。

从此人的言语态度上，就能感觉到此人性格十分固执。他白色的衣服和裤子全部是脏兮兮的，护手和绑腿也像是被染过一样，无比漆黑。看来，他的确是花了两天两夜，翻越了大菩萨山来到这里的。

他抬起头，只见他脸庞精瘦，两只眼睛炯炯有神，像是有烈火在燃烧着。

"阁下有所不知，御岳山遵守古训，奉行神佛分离。山中的正觉寺业已荒废，藏王权现也重新成为大己贵命（日本《古事记》中记载的出云神话中的主神）、少彦名命（与大己贵命共同创建了出云国，是出云大社供奉的主神）所祭之神了。因此，御岳山与吉野熊野的修验道，已经没有关系了。"

"不。"山伏固执地说道，"在下所求，并非妄想能在御岳山的贵神社修行，而是希望在铃木大师您的门下修行。如果没有在大师足下修行过，在下是无法到达熊野的。"

祖父很为难地抱着胳膊。星光下的庭院里，秋虫开始聚在一起鸣叫。

"你赶紧去睡吧。"

虽然被父亲这么低声告诫了，但是千登世姨母只是坐在楼梯上的茶室中，一动不动地看着他们。想起来虽不能说是有趣，但祖父和山伏在雨户外的空间对峙着，从长方形的雨户往外看的话，两人的身姿也显得格外高大起来。

"阁下在羽黑山修行，而在下并无可教授于阁下的东西。尽管在下的确是熊野修验的后裔，但修行之法，乃当家之人传于下一辈之绝学，并非成为弟子就能传授的。"

祖父虽然委婉地拒绝了对方，但是对方却仍然不放弃。

"在下也并非请求您教我本门秘学。只需要您在在下修行之时，对在下的修行方法加以指正，直言不讳地批评便可。"

"那只是你的一厢情愿而已。再年轻一点的话尚且不说，到了你这个年纪，不管是水行还是瀑布修行，都有可能致命的。"

"诚如您所言，在下也只是想在能亲聆大师教诲的地方修行。"

"真是个听不懂话的人！在这大半夜，你不知从哪个地方偷偷潜入进来，完全就是与盗贼无异。"

山伏背后的长屋门、东边的里门，在黄昏时都会上锁。如果不是徒手翻越了石墙的话，是不可能进到院子里的。

然而山伏却面不改色地回答说："在下并没有向谁问过路。我到达大菩萨山以后，感觉到了神的气息，然后就一路循着这股气息走过了三头山、御前山、大岳山，然后来到了贵府。我想，一定是藏王权现的先知在指引我，在下心里不胜感激。至于盗贼之说，在下连做梦都未曾想过。"

"如此轻言藏王权现的威光，不像是修行多年之人。请慎言。"

自知失言的山伏被祖父这番责备之后，放下了金刚杖，就地一拜。

看到如此盛怒的祖父，千登世姨母吓得浑身都发抖。她的父亲是一个脾气温和的人，从不大声讲话，而祖父则是暴脾气，是这山上所有孩子畏惧的长辈。

"父亲，能否听我一言？"父亲在祖父背后低声说。

父亲虽是无论怎么修行都不可能有灵力的普通人，但是单论脑筋和见识，他比祖父要聪明。

"您难道不觉得这件事很奇怪吗？这个人，会不会是想赖在这里不走整日吃白食的家伙啊？要不，他就是一个新手小偷。"

"如果是这样的话，他又为何会有羽黑山的奉书？"

"既然是修行多年的高僧，又怎么会想着回到这个苦难深重的俗世，落入饿鬼道呢？这不合常理。也、也许……这个奉书是伪造的？"

祖父抚着胡子考虑了一会儿，有所迟疑。

我以为祖父会责骂父亲，没想到他竟然没有。假如温和的父亲说服了面目可憎的祖父，光想想，都会觉得这是一件相当了不起的事。

祖父似乎是觉得父亲所说的有道理，但又总感觉其中似有太过于武断的判断。

"请您务必答应。"

山伏保持着跪伏在地的姿势道。白色褂衣下，他的后背一直在颤抖。

祖父又重新把眼光投向了跪在地上的人，似乎在试图辨别他的真实身份。

过了好一会儿，祖父像是终于厌烦了似的，断然拒绝道：

"阁下请回吧！"

听到这句话的一瞬间，像是等待多久的事情终于落下帷幕一样，父亲马上关上了雨户。

"那个时候，有很多连三餐都吃不饱的人。虽然现在也有很多人吃不饱，但是只要努力工作的话，就肯定不至于吃不饱的。在从前的大正时代，会有乞丐来到山里讨饭，请求说，只要给他一口饭吃，让他做什么都行。这种乞丐很多。所以，当时我也十分认同父亲所说的话。钱和食物并不是天下掉下来的，必须要通过自己的努力才行。因此吃饭的时候，你们要对自己现在能吃饱穿暖的幸福生活常怀感激之情才对。"

我永远忘不了，千登世姨母在讲故事讲到一半的时候，话锋一转，插入的这段说教之词。

擦得锃亮的玻璃窗的外面，是漫天的繁星。随着孩子们一个个渐渐睡去，天上的星星也更加闪亮。

千登世姨母那清澈高雅的声音，与这样的星空格外相称。

"然后呢？怎么样了？"

我催着要听后面的故事。

千登世姨母用食指贴在唇边"嘘"了一声。一个表兄弟钻进了被子里，看上去显然已经很困了。

"困了的话就睡。如果出声讲话的话，我就不讲了。"

还醒着的孩子们都开始怪我了。

"你们再说话的话，我不讲了哦。"千登世姨母在黑暗中又说了一遍。

房间里立刻又恢复了沉默。

"第二天的清晨一大早，宅子里就一阵骚乱。我刚起床，迷迷糊糊地走到台阶上，看到奴仆们站在雨户边，都一脸惊慌失措的样子。这时候大胡子爷爷过来了，说：'真拿你没办法，进来吧。'然后，你们的祖父也没有反对。因为那个人把金刚杖竖在一边，在前院像个石头一样坐了一晚上。如果是乞丐和小偷的话，是绝对做不到这个程度的。"

接着，千登世姨母又开始讲述这个曲折离奇的故事。

5

从那天开始，那个叫喜善坊的修行者便在门长屋住下了。

净身后，祖父对他定下了几个规矩。

"第一，从今天开始算起，百日为修行期限。在此期间，若有所顿悟，请马上辞行下山；

"第二，不可随意进入内院。敝社毕竟也是修行的宿坊，神关门也是以此为主职。也就是说，内院跟修行方法之类的，完全没有半点关系。

"第三，三餐和位于门长屋的住处，会免费提供给你。但你要专心于修行，不可有任何异议。"

其实这说明祖父并不完全信任喜善坊。但对方如果也是修行之人，看在修验的圣地与黑山和熊野权现的面子上，又不能敷衍了事。所以，不管他是真是假，祖父只能先给他定下这套规矩了。

晚上，在祖父入睡之后，父母围着地炉，开始聊天了。

"我还是觉得那是个假和尚。你觉得呢？"

"嗯，可能吧。但是不知道为什么，这次我什么也没有感觉到。"

"嗯？你的灵力都不起作用了吗？"

"连孩子他爷爷都搞不清楚，我又怎么会知道呢？"

"这就奇怪了。父亲有灵力，你也有灵力，一般都不会出什么差错的。为什么单单对那个人，却什么都看不出来呢？"

"会不会是你讲了那些话，扰乱了父亲的灵力和我的灵力？"

"哎哟，你意思是说，这是我这个凡人的错咯？"

"哪里是凡人啊，这个家里，你是唯一不平凡的人。我只是就事论事而已嘛。"

"你这一句话就把我给顶回来了！但是以我这个凡人的头脑，理性地思考一下，还是觉得他是个冒牌货。如果是来山里的修行者，被人说成是冒牌货，他也不惊讶吗？我看他那么洒脱的样子，肯定是登山观光的团员之一。然后，可能觉得这个还不错，突然想吃白食了，这个也没什么稀奇的啊。"

"所以啊，就是因为你这么说，我和父亲才分不清楚了。"

"反正，晚上把门好好用门栓顶着，钱包和账本都放枕头下面，估计下一个祭日之后他就会走了吧。"

然而，与所担心的相反，喜善坊一直过着十分认真、淡泊的生活。看起来，他的确就是从羽黑山下来的熊野的出家人。

在家里，他从不与人多交谈。对每日一菜一汤的粗茶淡饭，也从不抱怨。在上山时，曾经对他疑神疑鬼的女仆，做好饭团偷偷给他，他也从不接受，每天比祖父都起得早，比孩子都睡得晚。

特别是对千登世来说，印象最深刻的，应该是他在黑暗中唱起了修验的拜词。

诸多罪秽　祓褉以清
远津诸神　赐我笑盈
棱威圣灵　赐我福幸

天津日嗣　荣光之至
天地与共　无穷无尽

这种拜词，和祖父平日里和父亲所诵的祝词很像。千登世姨母每天听着听着，渐渐地，也就记住了。然而，当她模仿喜善坊的语调，给大两岁的姐姐背诵拜词的时候，被祖父狠狠地骂了一顿。

比起祖父念含含糊糊的祝词，还有父亲尖锐的声音，喜善坊的回音让人感觉格外清澈而美好。

女仆们私下里都十分喜欢他。到了吃饭的时间，由谁把食物送去门长屋，她们都会在灶台边猜拳来决定。再加上喜善坊五官十分端正，虽然很瘦，但是却足足有六尺有余的身高，再加上话少，也很少笑，这样自然就特别吸引思春期的少女们了。

因为他既不是弟子，也不是客人，不知不觉间，大家都开始叫他"喜善先生"，到后来，祖父和父母也都如此称呼他。大家都觉得，这是唯一适合的称呼。

然而，喜善坊只会和祖父、父亲交谈。女孩子们即使主动同他讲话，他也不会回答。

当他被祖父和父亲问到修行的内容时，只会面无表情地给出"今日我去绫广的瀑布修行"或者"今日从哪儿到哪儿，去登山修行了"这样的回答。

登山修行，实际上就是丢掉一切杂念，一心一意地在山里走动。不管是半夜还是白天，喜善坊都会去山里修行。也有两三天不回来的时候，这时候家里人都会为之担心。

这个样子仅仅过了一个月，山上秋风渐凉，千登世姨母不明原因地发烧了，一直卧床不起。

山里没有大夫。虽然祖父派人去山下的医院叫了医生，但是护士牵着老迈的医生来到山里的时候，已经是第二天的傍晚了。

但是，医生来了也诊断不出个所以然，打针吃药都不管用。最后，医生丢下一句"等到晚上退烧了再说"，就立刻下山了。

千登世姨母以为这次一定死定了。那个时候，孩子感冒是很可能会要命的。千登世姨母后面的一个妹妹，就是在刚刚开始走路的时候，染上风寒而死的。

那天夜里，祖父在祷告，父亲在帮她晒水净身，母亲一直没合眼地在她身边照顾。然而烧还是没有退。

千登世姨母迷迷糊糊地听到了祖父和父亲在争吵。

"喜善先生说把这个煎了服下。"

"怎么可以随便吃这些乱七八糟的草药？"

"是人家去山里特意采回来的。反正医生开的药不起作用，试一下这个吧。"

"连医生和神明都治不好的病，岂是这个山伏随便采的药就能治好的？不要胡闹了。"

父亲抱着一筐不知道名字的草药，上面有一些白色的花。

千登世姨母闻到了一种类似洋葱的味道。

"把药，给我……"

千登世姨母不自觉地讲出了这句话。没有想任何东西，感觉就是那花在借千登世姨母的嘴说出来似的。

那个晚上所发生的事，千登世姨母到现在一直都刻骨铭心，并且感恩在心。

"那天晚上，喜善先生穿着白色的衣服，像下凡的神一样。他在我的枕边不断地唱拜词，然后在各处结印。像这样，忍者似的'嘿呀嘿呀'地念着。然后，他在报纸上放上草药，开始不断地揉捏，也不管雪白的护手被染成了绿色。在那个过程中，喜善先生还一直不断地念般若心经。大胡子爷爷，还有你们祖父、祖母也都一直在旁边安静地看着。"

世世代代以灵力闻名的家族，却向一个山伏求助，这肯定是关乎家族名声的大事情。诚然，喜善坊也是明白这一点的。但是，这不是考虑面子的时候了，孩子的病情十分迫切。

　　"喜善先生把草药搓揉之后放到药钵里碾碎。那时，有像薄荷一样刺鼻的气味出来。不知道为什么，我闻道那种味道后就好受了不少。喜善先生非常努力地在救我，他的光头上出现了豆大的汗珠。救了我性命的，不仅仅只是草药的功效，还有喜善先生在心里一直的祈祷，他告诉神明，不能让这个孩子死。看到他那么认真的脸，我想，不管是以前还是现在，我再也没有见过第二个。"

　　被制作成像一个饼似的草药，一半被用作膏药，敷在千登世姨母的额头上和脖子上；另一半，则用御神前的神酒和水，兑着喝了。

　　"那药苦得我嘴都歪了。"千登世姨母边笑边说。

　　"和这个药相比，医生开的药简直就是像糖果一样。所以，你们这些小家伙也绝对不能嫌药苦。如果比父亲母亲先死的话，那是罪大恶极的不孝了。"

　　想来她应该是想起了早夭的兄弟姐妹了吧，或者是想起了救了自己命的喜善先生。

　　千登世姨母拿出手绢，擦了擦眼角。

6

药效立竿见影。

喝下去那一杯极苦的药的一瞬间，千登世姨母马上变得特别困。睡衣被汗水湿透后，姨母便神奇地退烧了。

家人们很想知道草药到底是什么。但是喜善坊总是回答："是没有名字的山谷里的野草而已。"

在山里长大的祖父，对草木十分熟悉，所以始终觉得不可思议。御岳山虽然绿色覆盖面积大，但是由于气候严寒，生物的种类并没有特别丰富。他一边拿着掉在地上的花草仔细端详，一边不停说着："我从未见过此种草药。"

恢复意识的千登世姨母觉得，这种花草肯定不是御岳山上有的东西，肯定是温柔的喜善先生在后院向天狗大人乞求，拜托他从极乐净土中给自己采摘的。

大家都十分高兴。但是喜善坊却十分羞涩地说："我只是配合大师和医生，帮了一点小忙而已。"

"这样一来，咱们一定要开个祭神酒宴啊。"

祖父虽然邀请了喜善坊来酒宴，但是他十分固执地推辞了。

"那天，虽然喜善先生彻夜在照顾我，但是很快，他又去山里修行了。"

7

秋意渐浓。

喜善坊来时正是盛夏，而现在已经是十二月。

祖父是一个严格的人。虽然喜善先生救了孙女的命，但是一码归一码，既然已经说好，那么他是不可能改变心意的。

一想到如果到了那天，喜善先生就会去很远的某个地方，千登世姨母就不禁伤心起来。其实他既没有摸过千登世姨母的头，也没有面对面地跟她讲过话，只是每天早晚打个招呼而已。还有就是姨母抱着膝盖，听他从长屋门传来的念拜词的声音，如此而已，甚至姨母连他的笑容也未曾见过。

但是，即便如此，每次一看到他的身影，千登世姨母的心里就像山谷里竞相开放的百合花一样，激动得怦怦乱跳。

但是有一件事，千登世姨母是明白的。喜善先生不像其他大人一样，他没有把她当小孩看待。孩子对他而言，既不会觉得喜欢，也不觉得麻烦。也许，在喜善先生那双清澈的眼睛里，不管是小孩，还是山川草木、日月星辰，都是一样的所在。对生存与自然中的喜善先生来说，所有的一切，都是自然的存在形式。

"人生真是很辛苦呢。"

坐在围炉边做针线活的母亲突然小声说。

"修行本来就很辛苦啊。"

从报纸里抬头的父亲回答道。

在这种时候，打个盹儿对千登世姨母来说，是最幸福的时刻之一。

"但是，那个与神主的修行理由不一样吧。像他那种修行，也没有固定的地方，至少，没有谁在监督他吧？"

"是啊，说来倒也是这样。不过，修行这件事，本来就该这样的。"

母亲停下手中的针，恶作剧般狡黠地笑了。

"那，如果是你，没有父亲和这些大师的监督的话，你会认真修行吗？"

父亲翻开报纸，也笑了。

"这个，不好说啊。首先我肯定没有喜善先生那么积极热心的。为了成为神主，去瀑布修行，去水行之类的，是不得不做的事。但是那个人连师父都没有，谁也没有看着他，他却依然始终如一，不曾怠慢。"

"如果在各个山里修行，在进入熊野之后，待遇会有所不同吗？"

"那个也不可能。虽说是白日万行，但是并没有谁来写这个证书，主要还是要靠自己。为自己修行，别的理由都无法解释。"

然后，父亲还像是为了防止隔墙有耳似的，低声问道：

"我们家的祖辈是熊野的修行者，是为德川家康引路来这里的。那么，这会不会和这件事有什么关系？"

"这是连父亲都不知道的很久很久以前的事了，别人不可能会知道的。"

"不，我只是突然想到，我们家的先祖们，是不是也是像他那样，来到了御岳山？"

"他们是东照大神（德川家康）命令的。所以，虽然比其他的神主上山晚，但是也没有像他那样居于人下。"

"没有见过幕府的证书之类的东西吗？"

"那已经是三百多年前的事了。可能被收藏在某个角落吧。"

"那必须得去找找看了。"

然后，母亲重新开始了针线活，父亲也开始看报纸。

千登世姨母觉得，父母们在讨论一件很悬疑的事情。

莫非，铃木的先祖在做完权现大人的引路之事以后，去了不为人知的山里，然后因灵力高超，被敬为山里的神官吗？

想到这里，千登世姨母觉得，铃木家是忘了本分而出世的。严厉要求人家白日万行的祖父，实在是一个冷酷无情的人。

松方公爵家的人来观赏红叶，就是在那个秋天。

铃木家的女儿，有去平河町的闲院宫或是麻布仙台坂的松方公爵家做行仪见习的惯例。那时，最小的千登世姨母便被分配到松方府上。可能是姨母跟他们闲聊时说了一些家乡的秋日景色，公爵家便商量着来山里住上一晚，看看红叶。

当然，年事已高的公爵夫妇并没有来，来的是小殿下和夫人、孩子、官家、女仆等。可能是过分预想了山里的险峻程度，又或者是玩心作祟，每个人都全副武装，一副要去登阿尔卑斯山的派头。

快函传来的时候，离他们到达的日子只剩三天，所以家里慌乱了好一阵才准备好接待事宜。虽然信上说"只是私下旅行，随意就好"，但话虽那么说，怎么可能真的那么随意。接到信的当天，宿坊便被清理出来，父亲和几位神官亲自去山下迎接。

虽说是新华族，但是这一代的公爵家是明治后的元勋。对官家大社——御岳山的神官们来说，相当于开国神话里的神一样。何况，女儿们学习礼仪，千登世姨母和姐妹们之后都会去公爵府上见习，自然是怠慢不得。

在大门口，悬挂着染着抱稻纹（两支稻穗合抱的图，一般是家纹）的幔布，家人们都一身正装礼服，站成一列，在门口迎接。

走上台阶的小殿下感叹了一句："真是漂亮的房子呢！"

由于这句话很接地气，所以听到这句话的千登世姨母稍微放松了一下，然后微微抬头看来一眼。

那时，一行人正坐在台阶边，由仆人解开登山靴的纽带。

祖父穿着浅葱色的筒裤，着黑羽织。他并没有像其他家人一样跪在地上，只是略点了下头以致意。神官能跪拜的，只有八百万的神明和人间的神——天皇。

小殿下在和祖父同样视线的高度，受了礼。

"铃木大师，别来无恙。"

"恭迎殿下。小女在府上叨扰，有劳殿下费心了。山里清寒，无甚像样之物，还望殿下不嫌弃，慢慢游玩。"

原来祖父是这么个大人物啊，千登世姨母震惊了。

小殿下看向了跪在祖父身后的姨母的母亲。

"这是小女伊津，曾在宫家行仪见习。"

祖父有些迟疑地说。

"哦，原来如此，我就说嘛，未曾见过呢。"

为了应付场面，祖父又介绍了两个小孙女。

"真是聪明的小姑娘，长大后一定要来我家，不用像在宫家那里那么拘束。"

千登世姨母和姐姐不知道该不该回答，只是低着头不说话。

在进行了这样一些问候寒暄之后，一行人在走廊上绕着房子走着。在转角处停下来后，感叹的声音不绝于耳。

前庭有一株格外美丽的枫树。背面是长屋门的白色墙壁，将开始散落的枫叶映衬得更加鲜艳了。

"哇，这个真是美丽极了啊。即使去京都，也未曾见过如此美丽的景色。"

看起来心情大好的小殿下在大台阶的入口处坐了下来。

这个时候，发生了一件意想不到的怪事。

长屋门前的小路上，从山中行走回来的喜善坊一边走路，一边大声念着："忏悔忏悔，六根清净。"

祖父已经事先告诉过他，今天会有宾客来访。基于此，大家都以为喜善坊为了不碍眼，所以前一天晚上就去山里行走了。

为什么这个时候像算准了出场时间似的，从门前的杉树林中出现了呢？

"忏悔忏悔，六根清净。"

喜善坊一边捻着胸前的念珠，一边继续大声念道。接着，他好像完全没有看到眼前的贵人们似的，招呼都不打一声，就消失在了长屋门的房里了。

"此人正在不眠不食地修行中，冒犯之处，请多海涵。"

父亲马上道歉。

但是千登世姨母却觉得不是这样的。在喜善先生的眼里，他看不见人的尊卑贵贱，也就是说，人、草木、月亮、星星、天空、云彩，在他眼里都是一样的，没有卑贱等级之分。

8

"忏悔忏悔，六根清净。"

千登世姨母边说边开始低声念了出来。

她并不是要让没睡着的孩子们害怕，更像是一心想让小时候听到的那个声音复苏似的。

"忏悔，就是对于自己所犯的错进行悔过，乞求神的原谅；六根清净，是让身心变得干净。这是一种祈祷时用的词。喜善先生去山里行走的时候，总是大声地念着这几句。你们也可以试试。

念完以后，就会感觉身体底部涌上来一股力量，让你的脚变轻了。"

"骗人的啦！"还没有睡的孩子们纷纷开口说。

这时候，千登世姨母已经不再骂他们了。讲着讲着，由于太过兴奋，姨母经常就忘了她是在讲睡前故事了。

从大台阶下传来报时的钟声，已经是晚得不能再晚的时间了。我用糠壳做的枕头打自己的头，以此来抵抗睡意。不久，身边也都响起了同样的声音。

"都听到这里了，就再坚持一下吧。虽然不见得是多有趣的故事，但也没有那么无聊，是吧？"

姨母像是在鼓励还睁着眼睛的孩子们似的说。

9

那天夜里，围炉边，母亲终于忍无可忍地责怪起来。

"管他是在修行还是干吗，那个人就是一个完全冷漠的人。他根本没有站在我们的立场上想过。至少，他没有站到正在东京的府上的妹妹们的立场上考虑过。还有这个孩子，他们以后去行仪见习的时候，当家的可正是今天那对夫妻啊。"

"好了好了，别生气。"父亲笑着安抚母亲道。

母亲并没有遗传祖父的暴脾气。但是，面对这个对什么事情都温和平静的丈夫，她总是忍不住生气。也就是说，父亲的"好了好了"，其实会变成她生气的种子。

母亲在围炉边，一边叩打着火钳，一边一件一件地数落着喜善坊的恶行。

比如，山里的人跟他讲话，他连理都不理。

又比如，他嘴上说着要绝食修行，其实自己在山里吃蛇和虫子。

再比如，家里的厕所一次都没用过，每次都在草丛里拉屎撒尿。

……

"虽然这样，但是你要知道，这些都是修行的一部分啊，你不应该过多苛责的。"

"那冷漠也是修行的一部分吗？随地大小便，也是修行的一部分吗？"

"好了好了，他和我们神官的修行不一样，不是咱们在这里能肆意评判的。"

从父母所说的话来看，千登世姨母不觉得哪一方是正确的，准备接着听下去。

她决定装睡。

没有灵力的父亲并没有发现千登世姨母在装睡。他脱下棉外衣，盖在了千登世姨母的身上。

"看到喜善先生这个样子，我也颇感同身受。"

"你？为什么？"

"父亲想传给我家传的灵力，所以入赘前让我进行了相当严格的修行。但是，还是什么用都没有。那个果然还是靠天生的能力，不管再怎么修行也是不可能有的。"

母亲沉默了。

父亲从母亲手里接过火钳，开始在围炉的灰里写字。

"通过不断地修行获得灵力，虽然我已经放弃了，但是喜善先生还在努力着，我懂他的感受。他在做一件不可能的事。"

"父亲应该也是懂得的吧。"

母亲看着那团黑烟，叹了一口气。

"应该是的。也许在第一眼看到他的时候，他就已经明白了，所以才没有管他。父亲自顾自地决定了白日万行什么的要求，其实也是为了让他知难而退，让他明白，有些东西是不可能办到的。你想想看，我为什么放弃了获得灵力，不也是这样子来着吗？"

为了让他自己觉悟到那是不可能的事情，却要经历那么多辛苦的修行，千登世姨母觉得，喜善先生真的是太可怜了。

最近，他都只吃没有米饭和任何材料的酱汤，再加两块腌萝卜，有时候还不喝水。女仆们都担心他的身体情况。

"我也曾想过要不要直接告诉他。但是如父亲所说，修行之人，不能听别人讲什么就信什么。想来我自己当初也是如此。不管有没有可能，都不是别人来决定的，必须要自己觉悟到才行。也因此，修行才有了意义。"

"没问题的吧？这么说可能不太尽人情，但是喜善先生不是考虑那么多的人。而且，他的身体比你要好很多，也很固执的样子。"

"不不不，瀑布修行、水行、洞穴修行，我也做过很多。你以为只要有体力和毅力就一定会成功？并没有那么容易。只是我想啊——"

这时候，父亲看着千登世姨母的睡颜，低声继续说：

"那个人会不会背负着很深重的业障？比如年轻时做过什么特别坏的事，又或者特别不孝的事？你的灵力能不能感觉到什么？"

"这个，我也感应不到什么啊——哎呀，你干什么啊，这么说好吓人！"

千登世姨母觉得喜善先生肯定不是坏人。但是，胡思乱想之中，他的形象也渐渐变得可怕起来。

父母低声细语地交谈着，渐渐地，外面传来杉树林中猫头鹰的叫声。

那是一个特别安静的深秋的夜晚。

10

喜善坊被祖父大骂一顿，是在第二天的早上。

公爵一家人正在进早膳的时候，房间中传来一阵阵刺鼻的气味，熏得人眼泪直流。

山上的生活对火的使用十分严格。人们都怀疑是不是哪里走水了，这时，长屋门的门缝里冒出了刺目的浓烟。

祖父光着脚，立刻飞奔到院子里，怒吼道："到底在干什么？"

按照喜善坊的解释，他好像是在进行一种叫"南蛮熏"的修行。这是一种在烟雾中刺激肌肤的、一心一意忍耐的苦修。

因为早上没有风，虽然长屋门的门和窗都开着，但是冒出来的烟突然在房间里汇聚成一团。

小殿下一家人也从二楼的房间里被熏了出来。

父亲赶紧前去道歉，然后将他们带去了神社。在做这样那样的事的时间里，扛着消防钩和长梯子的消防团来了，整个宅子里一片混乱。

被祖父抓着前襟拉出来的喜善坊，有一会儿在门口安静地坐着，但是不知什么时候又消失了。

好像中毒了似的，千登世姨母只觉得眼睛和喉咙都痛得不行，即使想去洗把脸也不行，整个院子里都是烟。

这时，千登世姨母和姐姐手牵着手，来到了门外树林里的堤坝下。

西边的石壁下有一口收集天水的井。虽然这里属于不能随便靠近的神水井，但这个时候也没有别的办法了。

在茂密的杉树林中，有一处长满青苔的柏树皮做的屋子，四周挂着纸垂，还有用石头堆积起来的结界，里面收集的就是神水了。

晚秋的早晨十分清冷。在一处处覆盖着落叶的金黄地皮之中，并不会觉得光线不足。成熟的红色枫叶如点燃的灯火一样，格外耀眼。

喜善先生靠在井边的石壁上，大声痛哭着。他抱着一头乱发，仿佛所有的精神、耐心都已经耗尽一般，一副垂头丧气的样子，和平日里的他判若两人。

虽然这么伤心，他干裂的嘴里，依然固执地念着般若心经。

"就这么算了吧。"

千登世姨母抱着膝盖说道。

喜善先生瞄了一眼正在看他的千登世姨母的脸，像个撒娇的孩子似的摇了摇头。

"给你这个。"

姐姐从衣服里拿出用红纸包着的点心。

喜善先生又摇了摇头。

和在盛夏时来的时候的样子大不同，喜善先生的脸颊瘦了很多，眼睛深陷在眼窝里。不知是纯白的悬衣已经变得不能穿了还是别的原因，他那脏脏的贴身和服衬衣上，穿的是草和落叶，还有用细藤蔓编制的蓑衣。

千登世姨母想，该不会是喜善先生已经有一半变成树了吧？

他可能并不是因为眼睛被熏到了而哭的，他是因为不能再做人了，所以才哭的。

千登世姨母和姐姐用神水洗了脸。

这水十分灵验，不一会儿，疼痛的感觉就消失了。

但是，已经浑身湿透的喜善先生，仍然哑着嗓子哭泣。

"喝口水吧。"

千登世姨母捧着神水送到喜善先生的嘴边。她想，如果喜善先生喝了这水，就一定能重新变成人的。

念着般若心经的声音停下来了。

早晨的阳光翻过了石墙，照了进来。它们向衣衫褴褛的喜善先生伸出了手，拥抱着他。

这一定是神的安排。姨母想。

但是，喜善先生把视线从千登世姨母的掌心中移开了。接着，他继续唱起了"忏悔忏悔，六根清净"。

"忏、悔、忏、悔，六、根、清、净。"

他不停地这么念着，混浊的哭声逐渐变成了清晰的念佛经的声音。

千登世姨母向后退了出来。

她并不是输给了固执的喜善先生的毅力，而是她发现，包围着喜善先生的阳光，从森林的黄红色之中退去了。

姨母想，喜善先生应该是被神抛弃了。

11

"暑假的时候，客人很多。你们这些小家伙虽然帮不上忙，但是也不能去危险的地方玩哦。"

千登世姨母在讲故事的途中，突然说了这么一句孩子们意想不到的话。

还没有睡的孩子们都争相点头。

因为登山客和观光客的增加，御岳山变得也没有那么危险了。她说的"危险的地方"，是指孩子不可以去的地方。

与神社内侧相连的里院虽然不危险，但是在它更前面的通向大岳山的路上，却有很多岩石地带，那里是不可以进入的。绫广的瀑布虽然是可以去的，但它下面的瀑布有很深的瀑布湖，也是不可以下去的。

特别严厉禁止进入的，是一个叫作"天狗岩"的地方。因为它就在登山的山道的对面，不熟悉的山里人经常抱着玩耍的心态去爬，结果受了重伤，甚至死亡的人都有。

其实我也有一次翻过禁忌的锁链，爬过一次天狗岩。那时候，比我大的表哥告诉我，"这是锻炼你的毅力"，所以我硬着头皮爬过一回。

我拉开锁链，一边确定下脚的地方，一边往上爬。爬上极高的山顶后，发现有一尊乌天狗的小小铜像。附近虽然是茂密的大杉树，但是没有一条树枝能接触到天狗岩的。杉树很高，高得好像伸手就能抓住云彩。爬上顶的孩子都吓得跪都跪不下了，只有紧紧地抱着锁链不撒手。

让孩子们恐惧的，不仅仅是高耸的山顶。很久以前，那里就是修行中的神官们或者在山里行走的修行者们进行斋戒的圣地。

我想，掉下去的人应该是受到了惩罚。

"你们应该没有去爬过天狗岩吧？"

千登世姨母白净的脸在黑暗中转了一转，好像是知道了孩子们曾经犯过的错一样。

然而，没有一个孩子回答她的问题。

"为了不再渲染奇怪的气氛，你们给我好好地听下面的故事。"

姨母用手捂着嘴，空咳了几声，便开始讲述起后面那连想都想不到的故事。

12

师走（十二月）初的吉日，喜善坊完成了百日万行。

林间冬日的清晨，天空格外清澄明亮。不管是参拜的客人还是登山客，在这样的季节里，几乎都鲜有人影。同时，也没有亲人回家省亲。这是御岳山一年中最清闲的时候。

为了这一天，母亲早就做好了纯白的木棉衣裤，连护手和护足都一应俱全。说起来，她是仿着喜善坊那件破破烂烂的悬衣做的。

但是，喜善坊并没有要穿母亲好心好意做的衣服的意思。明明气温已经突破结冰点以下，喜善先生却还穿着树叶的衣服和腰蓑，背着木箱子，从长屋门出来。

穿着正式衣冠的祖父站在御神前向他招手。他也没有进屋子里来的意思，而是在院子里，立着金刚杖，屈膝跪着。

千登世姨母想起来，百日之前，他也正好是在那个地方，以现在这样子出现的。

虽然瘦了很多，外形也变了不少，但是喜善坊单膝跪地的样子，依然是那么精悍而高洁。让人感觉，他已经在荒野修行的最后，感悟到了藏王权现的真意。

"我没有说让你满了万行之后就立即离开。你现在这样的身体，是不可能到熊野的。先好好休养几日，养好了再去吧。"

"不用。"喜善坊回答完这一句便闭上了眼睛。

然而，在祖父完成祝词之前，他的身体一直是瑟瑟发抖的。

送别的过程比较乏味。喜善坊没有向任何人道别，只是向着从御神前出来的祖父低头说了一句奇怪的话："铃木大师的高明灵力，在下确实受教了。"

这在什么也没教过他的祖父听来，无异于讽刺。

留下这一句话的喜善坊读着佛经出了门，跄跄跄跄地消失在了杉树林中。长屋门里，放着母亲做的那套连袖子都没动过的新衣服，还有今天的早饭。

明明是靠近都觉得臭得不得了的小房间，此刻反而让人觉得如御神前般干净，完全感觉不到人生活的气息。

千登世姨母自顾自地以为，喜善坊要去的熊野，只是翻过大菩萨山的信州。后来她偶然想起打开地图找了一次，发现居然是那么远的地方。

她很是吃惊。

到现在为止，她都无法相信，几百年前我们的先祖是从那里随着东照大权现来到了这里。甚至对于几百年后要去那里的喜善先生这个人，也不相信了。

"那么远，坐车都到不了吧？"

姐姐看着地图，撑着脑袋喃喃道。

13

喜善坊没有去熊野。

不，也有可能去了，对于这个，千登世姨母不是很清楚。

祖父整天都关在御神前，不断地念着长长的大祓词，还有一些没有听过的祭文。父亲和其他家人，也都忙于向各地的讲社颁发护符。

一天下午，晴朗的天空又突然阴云密布，雪花在空中零零散散地飞扬起来。

就在那个时候，营林署的工作人员冒着风雪来到了家里。

"大师，大师！"山里的男人解开拧成一团的头巾，一边擦汗一边喊道。

理论上来说，冲着端坐在御神前的神官的后背大声呼喊，一般都是发生了什么不寻常的事。

家人们放下狗大人的护符，去走廊前查看。

"我们发现，七代瀑布附近的枯木有被拉拽的痕迹。我们心想着不好了，结果就发现——天狗岩的山顶上站着一个人……"

之后的话说得乱七八糟，千登世姨母不是很清楚他到底说了什么。

但是，她看到了。

完成了百日万行的圣人，以草木之衣为翼，纵身飞向了天空。

父亲惊慌起来，而祖父却始终闭着眼睛。

千登世姨母想，祖父肯定是早就知道了吧。

"他这是舍身。喜善先生是要以身供佛吧？"父亲问道。

但是祖父却并没有回答。

在人们的注视中，在一段长久的沉默过去后，祖父说了让人意外的话。

"不，他是自杀。他还不能达到舍身或者入定的境界。他立志于修行，想要获得灵力而不得，想不通而寻短见了。只是这样而已。”

祖父的声音，像是落在脸颊上的雪花，安静而冰冷地侵入千登世姨母的皮肤深处。

她想，祖父是为了御岳山的平安而说谎了吧。如果他也认为，从天狗岩纵身跃下这件事定然不是自杀，而是一种修行的话，就不可能在送走喜善坊之后，一直坐在那里祷告了。

也许，祖父早就在看见喜善先生第一眼的时候，就已经知道，他要让自己的身体回归自然这件事了。

知道万行期满之日便是他的死期这件事的，只有喜善坊自己和祖父两个人。

像山伏这种人，一定是神和佛祖在很久以前住在山野的时候，留在人世间的一部分吧。这么想的话，喜善先生到底是幸运的人还是可怜的人呢，千登世姨母不明白。

所以，千登世姨母觉得，就当作喜善先生是从人的世界消失了，变成了树吧。

14

从那以后的事情，姨母就不太清楚了。

“好像巡山的人和消防团的人用门板把喜善先生的遗体从谷底抬了上来，但是我没有去看一眼。这件事情，既没有上报纸，也没有变成什么谣言。在山里自杀的人，应该也不少吧。好了，今天的故事就到这里了！为了不做噩梦，大家向处于正北方的权现大人祈祷以后，就安心睡觉吧！"

千登世姨母在黑暗中迅速站起来，走出了房间，来到了走廊上。

在星空下，我开始幻想着站在天狗岩上，手中结印，一声不吭地像一把利剑一样落向谷底的修行者的样子。

在天狗岩的顶上的那座天狗的铜像，可能是祖父或者曾祖父设立的。

在睡觉前，我模仿喜善先生一直念的"忏悔忏悔，六根清净"。我不知道为什么自己会这么做，可能这样就能防止做噩梦了吧。

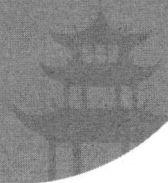

第五章

陌生少年

1

过了荻窪站（日本车站），眼前的景色便焕然一新了。密集的住宅街道一下子消失了，农田、森林、武藏野的杂木树林，也遥遥地出现在视野中。

我还在上小学的时候，坐在中央线上，车窗外的风景就是这样子的：郊外车站的房子都是木制的，空旷的车站前停着公共巴士。

那个时候，新型的橙色车已经开始运行了。在色调单一的年代，由于颜色实在太突出，在车还未普及的当初，很多人都以为那是运送驻军的专用车。

实际上在不久前，往返于立川的基地和都市中心的美军专用车还是深棕色的。在这种橙色的电车登场后的一段时间里，从新宿开往松本的蒸汽机关车依然每天威风地运营着。中央线在市区时一直慢悠悠地前进，到了荻窪后，风景变换，车便开始加速了。

我的心情很兴奋。这种兴奋，不仅仅是因为回到外祖母家，还是即将从一大群家人和佣人密切包围着的加州棕解放出来，回归到自然的那种欣喜。

立川站是异界的大门。在当时，这条街并不是东京的延长线，它和新宿、东野有着完全不一样的特性。由于它有好几条线的换乘站，因此好几个月台是并列着的。天桥上的人并不会像在东京一样排成一排一排地移动，而且需要和各种装束的人不断地擦肩而过，偶尔遇到一个星期天，站内就会被美国士兵给挤满了。

青梅线仿佛只是借地方一用似的，被挤到了一个小小的地方。从以前到现在，它都处在众多月台的最北端。在那个始发站的月台上，深棕色的国铁车辆显得特别的老旧，像是在歪着的铁板上订着的大头钉，几辆短短的车停在那儿，等待着旅客的到来。

青梅线的车内一直都秩序井然，几乎没有混乱的时候，仅有的一部分乘客也在立川附近的拜岛和福生下车。再往前，车内就变得空荡荡的。再然后，多摩川的流水到达了尽头，车窗外，两侧险峻的高山在不断地逼近。

马上就是异界了。

这里虽然仍属于东京都，但是土壤和变化的景色，让人不敢相信这里竟然是东京的地界。在很长一段时间里，我都以为这附近是信州或者甲州的某些地方中划出来的东京的地皮。

紧接着，单线轨道嵌入小小的隧道中，列车似乎和山体摩擦着一般在奔跑着。如果为了等上京的列车而暂时停车一会儿的话，悬崖下，多摩川湍急的水流声便会清晰地传入耳中。

像这样走走停停，终于到了御岳站。

这个车站始建于神道教拥有无上权威的时代，也是模仿神社的样子设计建造的，与旧官家大社的下属车站十分契合，而且还设置了迎接皇族和使者的特别阶梯。

车站外，还设置了在附近山中抓捕到的熊的笼子，这是御岳站的有名之物。

去往异界的旅途还要继续。从车站前坐公共巴士，到山下的缆车站，渡过多摩川，爬上一段长长的陡坡，最后来到位于遮空蔽日的杉树林中的泷本站。

在那周围，明显能感到一种天地万物的灵气袭来。这并不仅仅是因为气温的骤降。据说，在御岳山居住着八百万神明，来到这里，便感觉他们仿佛一直在这山脚下的森林附近，静静地蹲着，等候来者光临似的。

与其说是坐缆车上山，不如说是感觉像升天一样。泷本的车站和屋舍们被抛开，不久，视野中远远地出现了关东平原的景色。

"你，是小也的孩子，还是小京的孩子？"

我总是被山顶的工作人员这样盘问。

我的母亲叫也子，因为母亲是第七个孩子，所以，为了表示"到此为止"的意思，外祖父母便用文末的这个"也"字为母亲命名。

没想到，他们接着又添了个女儿。"也"之后的话，又该取个什么名字好呢？祖父母肯定费了不少脑筋吧！最后，他们给这个姨母取了"京子"这个很普通的名字。

我自认为，我的长相并不和任何一个表兄弟相似。但是别人总是一眼认出我是铃木家的后代，这个让我感到很不可思议。

到母亲位于山顶的老家，还得爬三十分钟被古代杉树覆盖的参道。在这段时间，不知为何，我突然开始念起了母亲的兄弟姐妹的名字。

这是为了防止等一下打招呼的时候叫错名字吗？还是怕自己不知道现在谁回来尴尬了，又或者是单纯地觉得多种多样的名字很有趣呢？

至乃、千登世、康、勉、起世、学文路、也子、京子。

其实，在他们的上一辈里，很多名字十分高雅的叔公、叔奶奶依然健在，但是我还没达到把他们的名字都能全部记住的程度。

随着步伐的推进，参道越来越古旧，同东京和昭和都完全没有联系的感觉。在这个从时间和场景地都和过去的年代一模一样的森林中，御师住的大房子出现在眼前，那里是祭祀大古以来的三十多位神官的家。

所有的房顶上都有一根长满青苔的毛草茸的大屋顶，但是由于房子都是在削山辟地而来的一小方土地上建起来的，所以，形态各有不同。而且这些房子都用作讲社团体的住宿之地，所以，所有的房子都很大。

很快，在离神社较近的陡坡上，有一株被称作"神榉"的大树，那是天然的标志性风景。其根部蔓延至旁边的小路，登上小路再往前走，最高处便是母亲的老家了。

那是一座在森林中沿东西延展的两层建筑，是东京所辖范围内最大的木造建筑。当然，它也被不断地改建过多次。但是关于这个房子的来历，大家了解的并不多。

站在大门口，可以感受到从杉树林中吹来的风向着如暗渠般的大宅深处刮去。

在式台侧面的鞋柜里放着很多双孩子的运动鞋。应该是哪个表兄弟回来了吧？我的内心激动地想。

不知是偶然还是因为有亡故的祖父母的祭祀活动，那个夏天回来了很多亲人，比以前任何时候都多。同龄的表亲就有十人左右，再加上表兄弟和一些远亲的孩子，家里简直就像夏令营一样热闹。

在过去的素封之家（指虽无领土和身份，但是有钱的人家），非常常见的一种情况是，曾祖父的小儿子和祖父的大儿子之间的年龄相差无几。也就是说，即使和我年纪差不多，但是对方其实是母亲的表兄弟也不是稀奇事，辈分都比我高。

所以，在这么多的孩子中，即使都有着血缘关系，但是也会有完全不认识的人。但是，当所有人都围在大殿的桌子边一起吃饭的时候，每一张脸上都能看出些相似的地方。

亲族们并没有住得很分散。这也是以前的一些习惯。为了维护家族血统的纯粹，嫁娶都是由家里人事先定好的。所以，几乎所有的亲戚都是以御岳山为中心点呈扇形展开，在青门、五日市这些地方集中分布。到了我母亲这一代，发展到了从中央线沿线或者青梅街道沿线分布的程度。

初次见面的孩子们的长相都有几分相似，很可能是从很早以前就开始的近亲婚姻所导致的。而且，由于一家人的关系太过于复杂，以至于根本写不出族系图。

2

那是在我小学一二年级的夏天。按理说，我应该是不可能一个人独自去母亲的老家的。但是不知为何，在我的记忆中，却没有与我同行的人。

在大门口的式台和回廊上，凉凉的风徐徐吹来，让人心情舒畅。海拔一千多米的山顶上，从夏天起，夜蝉便开始叫了。

障子（槅门）打开的大殿里，所有的孩子都像被施了魔法一样，以各种各样的姿势躺着睡午觉。

绕过大台阶，打开内室的门，大人们正在吃午饭，柴火的熏香渐浓。

"哎呀，欢迎啊！"长得极为相似的姨母们用极为相似的声音说道。

"哪有一声不吭就自己进来的？"舅舅立刻责备道。

在这个大家庭中，成人的男性是很少的。有很多男性在很年轻的时候就得了肺病，也有很多战死的。反正不管是怎样，因受不了山上严寒的天气而死的肯定都是男孩儿。我的外祖父之所以入赘，也是山上男丁过少这个原因。

我重新说了一句"大家好"，然后被笑着叫去吃面。

我再一次好好回忆了一遍，果然还是没有母亲、哥哥一起回来的印象。难道是我自己太迫不及待，所以在山路上的时候没有等他们，自己先回来了？

"好安静啊，孩子们都出门了吗？"舅舅边吃面边问。

"在睡午觉。"我回答。

"哦，那你趁现在赶紧去参拜吧。这可比跟小伙伴一起玩来得要紧才对哦。"

我想，不管怎么说，去神社参拜是对神的尊重，是非常重要的仪式。讲社里那些虔诚的信徒们，好不容易到山上来，即使再累再辛苦，也必须先把行李放在一边，先去神社参拜，然后才能安排下一步事宜。

我吃完东西后打算过去参拜，但是走到大门口的时候，在大殿对面的内廊下，看到一个小男孩的背影，不知他是不是一个人先醒了，此刻正孤零零地坐在那儿，抱着穿短裤的膝盖，眺望着远方的关东平原，正在发着呆。

大殿的里外两个走廊是连通的。夏天的时候，清爽的凉风吹来，仿佛来自极乐世界，令人倍感心情舒畅。

"小弘？"我问道。

从背影看，我以为那是大我一岁的表哥。

但是，小男孩回过头来的脸，却令我十分陌生。

我想，如果要爬上通向神社的三百步的石阶的话，能有人陪着我就再好不过了。眼下这个小伙伴正是不错的人选。

抱着这一想法，为了不吵醒熟睡的其他人，我蹑手蹑脚地穿过大殿，在这个不认识的亲戚身边坐下。

小男孩穿着一件看起来崭新而纯白的开襟衬衣，瘦削而精致的面庞看起来与他那光溜溜的和尚头显得格格不入。

我觉得他看起来是个特别内向的孩子，所以就主动开口了。

"我们一起去参拜吧。大家都睡着了，好无聊啊。"

小男孩十分害羞地挪着屁股，几乎整个身体都靠在了柱子上，完全像个小女孩儿似的。

"喂，一起去嘛！如果不去参拜的话，会被舅舅骂的。"

我抓着他的手站了起来，果然是像女孩子一般又细又软的手。

小男孩并没有抗拒。

经过大门的式台的时候，我问起了他的名字。"我叫 kashiko。"他回答。

"像女孩子的名字哦。"我笑着说。

接着，他蘸着野百合花盆里的水，在式台上写下"畏"这个很难的汉字。

"才不是女孩子呢！是'畏畏以敬白'的'畏'啦！"

即使那时我还是个孩子，但也对"畏畏以敬白"这句用来结尾的禊祓词耳熟能详。舅舅每天早上都会在御神前念祝词，祖父母也每天对着从御岳山请来的神龛这么念。

"这是祖父赐给我的名字，请不要拿来开玩笑。"

这个叫"畏"的孩子说完这句话后，便穿着大一号的低齿木屐跑了出去。

接下来，我们应该是两个人一起去神社参拜了吧。但是可惜我却记不清楚了，只记得当时好像因为什么在神社耽误了时间，回来的路被从后院涌来的大雾封锁，心里十分不安。

正如以前中里介山在《大菩萨岭》里所描述的，御岳山是一座以雾著名的山。傍晚时分山中一定会起雾，然后把风景都隐藏起来。

因为看不清前方的路，我一脚踏空，幸亏畏用手支撑住了我，才不至于滚下山去。那双手，并不是像长在山里的孩子一般长期与自然亲近而强健有力。他的手很温柔，我感到并不是有谁的手牵着我，倒像是自己的两只手合在一起在祷告似的。

我问了他姓什么，在大雾中，他的回答让我觉得听得不是特别真切。

"铃木。"

亲族的孩子里，有半数以上都姓"铃木"，所以我也并没有多意外。但是，当我念着"铃木畏"这个名字的时候，感觉却像是在念传说中英雄的名字一样，十分好听，就像在念"日本武尊"

这几个词似的。

我记不得有没有邀请畏一起回家。

人这么多，吃饭和睡觉的时候自然就容纳不下了。

好在这种时候家里一般有着固定的对策。小孩子们都在大殿摆着的长桌上吃饭，晚上也各自在大殿里打地铺睡觉。

这里从很早以前就被用作招待御岳山参拜之人的宿坊，还有登山部的合宿，或者用作小学生夏令营的场所，所以自然而然我们也就被这样招待了。

有的孩子跟父母一起来的当天就回去了，有的只住上一晚，也有我这样一整个夏天都待在这里的。总之，表兄妹的数量总是在不断地增增减减，没有统一的时候。

照顾我们的是明治时期出生的千登世姨母，她因故从婆家回到了娘家，虽然并没有谁安排她来照顾我们，但是不管多忙，她总是会过来照料我们的起居饮食。

一听到吃晚饭，所有的孩子便都跑去厨房端菜，再放到大殿的桌子上。在下令之前，孩子们是不可以自己先动筷子的。要等到姨母拿着饭盒给每个人盛上饭，再说一句"大家开动吧"之后，大家才可以吃饭。

姨母一直坐在盛饭的饭盒边，这也是老家的一种规矩，吃饭的时候站起来是禁忌。如果有人说"再来一碗"，姨母就会一个一个地去给他们盛饭。

姨母虽然算不上是一个强硬的人，但是有一种不怒自威的威严感，让所有孩子都自动安静下来。

那一晚在大殿里，我没有再见到畏，这并不是特别意外的事情。我和本家的父亲、祖父母来的时候，也曾经住过客房。

也许畏的家族是远亲，或者是因为他要和家人在一起吃，所以这样安排了吧。

对过来给我盛饭的姨母，我什么都没想，直接就问："小畏呢？"

那个瞬间，姨母的脸上的微笑消失了。放着饭的盆一直在膝盖上，一动不动。

"你……你这个家伙，刚刚说什么？"

姨母的脸色很恐怖。

不仅仅是我，连左右两边的孩子听到这句话后也都不由得停下了筷子。

然而，我并不知道为什么会被骂。

"小畏呢？"我再一次小声说。

姨母的眼睛直直地盯着我。

"不要乱开玩笑了！"

她把饭碗递给我，然后一言不发，掉头就走。

我到底做错了什么？哪里乱开玩笑了？我怎么想也想不明白。

我以为可能是自己的态度哪里有问题，但是我仔细回想了一遍，也没有什么不妥的地方。我把榻榻米上掉了的饭粒都捡起来吃了，大开的膝盖也并拢了，但是姨母却还是用特别严厉的眼神盯着我。

看到孩子们都放下了筷子，姨母换了一种语气，说："有劳了。"

我们便齐声回答："承蒙款待。"

我向比较亲的表兄弟询问了畏的名字，但是谁也不认识这个人。

"是客人的孩子吧？"

唯独这个答案我比较能赞同了。假如他并不是如我所想的远亲的孩子，而是住客的孩子的话，那他因为无聊而寻找玩伴，最后跟我一起去参拜，就没有任何奇怪的地方了。

和家人一起来山里的都市里的孩子，初来乍到的时候，对御岳山的大自然和广阔的空间一般都无法适应。本来这里也是为讲社团体而设置的住宿，所以没有准备给孩子玩的玩具。对于孩子来说，算是一个不怎么好玩的地方吧。所以有时候我们一起玩耍的圈子里，也经常会加入一些客人的孩子。尽管那个客人的姓也是"铃木"，但并不是什么奇怪的事情。

但是，即使成了小伙伴，客人始终是客人。我们一起玩的时候，也始终被叮嘱要小心注意一些。如果把客人的孩子给弄哭了，不管任何理由，我们肯定是要挨骂的。

也许我和畏亲密地手牵手的画面被姨母看见了。这么想的话，姨母凶我的理由也大概能了解了。像我这么口无遮拦地说出客人的名字，还做出一起去神社参拜这么没有规矩的事，也难怪被骂。

如果畏是身份特别尊贵的客人的孩子的话，姨母的担心也是理所当然的了。

一顿这样那样的胡思乱想之后，我也对畏的身份有了这样那样的猜测。在得不到确切的答案之前，至少我就这么下结论了。

3

御岳山的夜晚十分漫长。

趁着太阳还未下山，尽管被大人吩咐去完成暑假作业，但是这么多兄妹们聚在一起，总是没有那个心思去做什么作业的。

家人伺候完孩子们的伙食后，就该去给客人们送饭了。

厨房就像战场似的，拿着食盒的女仆们不停地在走廊上来来回回。把重要的客人召集到一个地方一起吃饭这种事，在过去的旅店是不可能看到的。那个时候，女仆们会按照远近顺序将每一份膳食安排好，确保送过去的时候饭菜不至于冷掉，然后一间一间地给房间上菜。

佐餐的酒大都是文人的酒，女仆们要去厨房后门的泥地房里，把锅架在火盆上，看火的女仆要片刻不离地守着，确保酒温在合适饮用的程度。

如果客人是老顾客，他的晚餐便是和神明共享的祭祀后的食物和神酒。

每当这个时候，舅舅都要穿净衣和浅葱色的筒裤，不断地在各个房间走动，与客人推杯换盏。

"我们来玩大冒险吧！"不知道谁说。

女孩子一般都玩丢沙包、弹玻璃球这样的游戏，以此来打发时间。男孩子对这些烦琐的小游戏不怎么感兴趣，而且很快就腻了。

这个提议马上被其他孩子附议。在以前，孩子们都认为胆小是一件很丢人的事，所以没有谁反对过。

那么，探险游戏的目的地，是去神社，还是去东尾根的奥津城呢？

是一个人去，还是两个人为一组去呢？

好胜心最后战胜了怯懦。结论很简单，参加游戏的人一个人去自己愿意去的地方。

除去特别小的孩子，已经成为小学生的男孩一共有七八个，但是选了奥津城的只有我一个人。

我和那些普遍觉得神社比墓地要强的孩子们的看法不一样。对于我来说，与埋着死人尸体的墓地相比，住着各路不认识的神明的社殿才是更加恐怖的地方。而且虽然距离差不多，但是比起上上下下地爬台阶而言，我认为大部分都是平路的奥津城会更轻松一些。

我准备了两盏提灯，点上了火。这个并不是为了大冒险而准备的小道具，在山里生活，比手电筒更重要的东西就是提灯了，因为上面有合稻的家纹。

我们都商量好了，万一路上遇到什么人盘问，便按照约定，说是去鸟居前经营特产的分家。

出发点被定在大门口。不能参加的女孩子和小孩子都很害怕而又好奇地跟了过来。

恐怖和激动的感觉相互交织着，气氛十分奇妙。

在大门的式台上，又有人提出了意想不到的意见——假如孩子们一个一个地回来的话，太花时间了，去神社的人就两人为一组地去，这样就不至于等得太久。

"那我也去神社了！"

我当然反对了。不管怎么样，我一个人去墓地是不公平的。我也知道，他们说什么怕花时间，只不过是在给自己的胆小找借口而已。

但是我的反对意见并没有被认可。表兄弟们对年纪最小又自大的我，是不屑一顾的。

虽然他们这么不讲理，但我不想被他们说成是胆小鬼。我心中冷笑道："哼！到底谁才是胆小鬼！"而后，立刻向奥津城的方向走去。

我右手提着提灯，左手握着写着名字的筷子。我需要在奥津城的先祖的墓前某处放下筷子，然后再回来。

我出了东边的门，下到小路上，再绕过神代榉的根部，进入一片月光照不到的竹林里。那里真的是一片漆黑。

我害怕地缩着身子，一动也不敢动，心想，即使现在被说成胆小鬼我也无所谓了，恨不得立即回头。

就在这个时候，回头的路上，有一个人影在慢慢靠近。我心想，果然有人在我走后意识到太过分了，过来陪我了吧。

毛竹在夜风中沙沙作响。在细小的条纹交错的光线中，纯白的衬衣十分明显。

是畏！他可能在某处看着我们发生的事情，然后追了过来。

我抚着胸口放下心来，然后又不禁哭了起来。畏的出现让我感动了。

"那些人都太过分了吧。"畏在我旁边开始帮我指责那些孩子。

"嗯？小畏，你是御岳山的孩子吗？"我突然问道。

虽然御岳山没有特别的方言，但是山上的人都习惯在喜欢的词尾加上"的吧"。

"对呀！"

畏嘿嘿地笑了。提灯的光线下，他的脸如少女般天真烂漫，十分可爱。

畏温柔地从我手中接过提灯，然后牵着我的手，开始出发。

在尾根道上就没有任何树木了，蓝色的夜空完全展现了出来。月亮虽然藏在了云里面，但是星光变得更加夺目。地平线上，东京的灯火就仿佛是天河里的水倾倒了下来。

畏一边走路，一边甩着牵着的手，有节奏地唱起了古老的军歌。

4

在我们的时代，虽然在生活中听过很多军歌，但是这么古老的军歌，我还真没有听过。

"打起精神来。我教你，我们一起唱吧！"

这是一首类似于运动会进行曲的一首奇怪的歌，歌词很难懂。但是，跟着畏一小节一小节地唱，即使不明白意思，我也感觉到自己从心底涌出了一些勇气。

"是学校里教的吗？"

"不是哦，是祖父教我的。"

"小畏的祖父曾经是军人吧？"

"不是哦，是神主。"

"啊？那不是跟我一样？"

我一边走一边回头看走过的夜路。被杉树林掩盖的神官的房子，像服务着山顶的神社似的，一直点着灯。

畏是哪家的孩子呢？三十多家神官中，还有别的姓铃木的吗？

那个时候，我意识到了一个矛盾的地方。

御师家都各自有一个高雅的屋号，只有我家是用"铃木"这个姓来称呼房子的。

太古时期，住在御岳山的神官有很多同姓的，所以需要以屋号来区分。但是从江户时代起，居住于此的"铃木"就只有一家。

我回想着舅舅曾给我讲过的这些话，再对比畏说的话，当下觉得，畏肯定是在撒谎。

畏拉着有些困惑的我，急急地向奥津城走去。

"这首歌不是军歌，是讲很久以前武士们迎击敌人的故事。虽然战争失败了，但是突然间刮起了神风，吹翻了敌人的船。"

我有听过这个故事。小学的时候，老师讲完后还会故意说："根本就不是什么神风，就是凑巧刮了台风而已。"听到老师说完，刚刚还听得很激动的孩子们立刻就失望极了。

"果然还是学校里学到的。"

"我不是说不是了的嘛。是祖父教我的。"

畏重复说了三遍一样的话。

但是，他那个祖父到底是谁呢？

然而我并没有想多久，那个唯一的答案就突然降临在脑海中。就像投射在黑暗中的幻灯片似的，我的脑海中，突然间出现了一个未曾见过的时代的景象。

回廊上的阳光下，留着白须的老人牵着孙子的手，教他唱着雄壮的军歌。聪明的少年虽然不懂歌词的意思，但就这么全部记了下来。老人抚摸着他的和尚头，满脸笑容地说："你的名字不是'畏畏以敬白'的'畏'，是'贤明'的'贤'哦。"（日语中，畏和贤的发音一样）

寒冷的北风中，在尾根道上，一支送葬队伍静静地前进着。币帛在风中凌乱地飞舞，杨桐树枝上的幡布也在风中不断地翻腾着。神官们抬着一副小小的、用新木做的棺材，那个棺材看起来特别轻。在棺材的后面跟着的，是没有灵力却心地温和的祖父。他抱着穿着纯白衣服的孩子的遗体，一刻也不愿放手，满脸悲容。送葬队伍里，人的哭声代替了祓词的声音，听起来特别清晰。

　　但是，当第二个场景出现的时候，我突然间感到一阵胸闷，用力握住了畏的手。

　　……

　　不久，我和畏像是要追赶那支幻影般的队伍似的，踏入星光下的奥津城。

　　"还有一点，可不能被人说是胆小鬼哦！"

　　畏一边唱歌一边鼓励着我。我的心中，不知从什么时候开始，已经完全没了恐惧，而是被悲伤填满了。

　　铃木家的墓在奥津城的东端，细长而整齐地排列着。从云中解放出来的月光，驱散了这一片的黑暗。

　　这里，很多的墓石都记载了御岳山的历史。还有威严的石塔，以及长满青苔、立在野地里的佛像。在以片假名的"コ"字排列分布着的墓葬群的中央，是格外有气势的曾祖父母的墓。在旁边稍微小一点的地方，是还比较新的祖父母的墓。

　　我把筷子供奉在了祖父母的墓石上，以代表我来过这里。

"秉承忠义图进取，锻炼我等好武艺，此番出征为家过……"

小畏为了鼓励我，继续唱着歌。虽然那是想永远听下去的清澈的歌声，然而我却感到更加悲伤。

于是我开口说："我明白了，可以不用唱了。我不是胆小鬼，再也不会害怕了。"

我把牵着的手放开，拿回提灯，像在神前参拜一样，深深地鞠了个躬，说了一句："谢谢你。"

祖父的墓石旁边，有一株开着白色花朵的杜鹃花。

我的眼神停在一块隐藏在茂密的枝叶下的小小的、圆圆的岩石上。

我用手折断树枝，指尖一点一点摸索着。接着，我大概是摸到了写着"畏"的假名，但是由于磨损严重，看起来似乎是不太清晰了。

别说什么享年，连殁年都没有。

这么说的话，畏是我的小舅舅了。

我用家乡的岩石和杜鹃花为记号，标记着那里埋着一副小小的棺木。我猜，墓石这么光滑，并不是因为风雪的打磨，而是长寿的祖父对他的疼爱有多么深厚的证据。

我站起身回头看，已经不见了畏的身影。我感觉到了已过世的先人们的气息，但是却没有谁出来与我讲话。

抬头看向漫天的星星，那一颗一颗闪烁着的星星，都和我的命运紧紧相连。

那之后，我干了什么？是害怕得跑回了家，还是脑子里胡思乱想着回家了？

我已经没有任何记忆了。

5

"这件事，你有跟其他人讲过吗？"

舅舅确认四周无人后，反问我。

"不，没有和任何人讲过……"

后来我曾向舅舅诉苦，说自己只是说了畏的名字，但姨母就瞪眼凶我，还骂我"不要乱开玩笑"。

"我应该是在做梦吧，舅舅。"

我强烈地希望得到舅舅肯定的回答。那个时候的我，还不相信自己身上遗传了这种能力。我安慰自己，当时我看见的场景只是单纯的一种感觉，见到的、听到的东西也都是幻觉而已。

我一边这样自欺欺人地想着，一边又觉得，如果是梦的话，也未免太过真实了吧。所以，几天后，我从表兄弟们玩耍的圈子中悄悄离开，告诉了舅舅自己这个不可思议的梦。

在一番审问下，我说出了和一个叫畏的孩子一起去神社参拜的事，还交代了大冒险的事。

不，或者说，也许舅舅是从千登世姨母那里听到了什么不好的话，所以前来质问我。

舅舅和我并排坐在凉风习习的朝北的内走廊下。

舅舅好像在沉思着什么，然后喉咙里不停地发出叹息声，但是却始终一言不发。

"舅舅，我是在做梦吧？"

我又一次问。

"嗯，那个，是做梦呢。"

终于等到了这个答案，我可以放心了。但是安心也只是一瞬间，舅舅虽然嘴上那么说，但是又开始讲一些不可能是梦的事情。

"舅舅本来并不会继承这个家的。在千登世姨母和舅舅之间，还曾有过一个男孩。但是这个孩子在和你差不多大的时候就死了，所以我也记不太清楚了。"

"畏？"

我说出了这个清冷的名字。

"所以你千登世姨母才很吃惊吧。大概她以为你是从你母亲那里听到了一些什么过去的事，然后添油加醋故意来戏弄她的。"

"畏……好可怜啊。"

舅舅把烟灰盒拉近，从袖子里取出了卷烟。舅舅的每一个动作都十分端正。

"也不能说多可怜。其他好多连名字都没来得及取就死了的孩子，还有很多呢。"

舅舅歪着眼睛，小心翼翼地看着我，像是招架不住眼前这个已经不知所措的熊孩子一样。

"虽然那是个梦，但是也不要告诉别人，好吗？"

"连母亲也不能？"

"是的。从今往后你肯定还会做很多奇怪的梦，但是一定不能说出来，知道吗？"

我讷讷地点头，答应了，但是心里其实还是不太明白。

"为什么？"我自己在心里默默地问。

于是舅舅咧着嘴，坏坏地笑了。

"因为那是梦啊。"

舅舅这么说，然后吐出了如同神的气息般的白色的烟圈。

6

畏再也没有出现过了。

在我待在山里的整个夏天，不断地有亲戚的孩子来来去去。

每次有谁过来，我都会飞奔到大门口，看看是不是畏过来找我了。

但是每一次我都会失望，因为那个人只是某个地方长得与畏相似的表兄弟而已。

夏天结束的时候，我要下山了。我的心情很郁闷，这并不是因为作业没有完全做完。

上山时的心情虽然和以前一样激动，但是下山时便显得心事重重。

从御岳山回来的这一路上，我的心情一直都十分忧郁。一直到缆车站，我无数次回头看，在山顶的神社下方，纵贯杉树林里的那一排排房子很容易便能看出来。

像上山时一样，我一边走路一边念着母亲的兄弟姐妹的名字。忽然，我想起了一件事，然后在"千登世"和"康"之间加上了一个"畏"的名字。那种感觉，像是在忘记涂颜色的空白上添上了色彩，一幅完整的画才终于完成了似的。

从特别陡的缆车窗外望向远方的山顶，我突然感觉到，御岳山不仅仅只是八百万的神所居住的地方，御岳山本身便是神。人们借住在它的肩上、胸口上、膝盖上。从那遥远的年代开始，与不死不灭的神比起来，人就像小小的蝼蚁一样，过着短暂的一生，然后便这样周而复始地繁衍到了现在。

用钢索勾连着的上行的缆车和下行的缆车会在半中央交错而过，然后陌生脸孔的人便会向你招手。

有时候，我所乘坐的红色的下行缆车里大部分都是过完暑假的孩子。而上行的车里应该大部分是讲社团体的人，他们都穿着统一的羽织（日本和服褂子），且大多都是老人。

恰好那时正是山上起雾的时刻。这个时候，那些归天的人的灵魂和地上的生者的灵魂，会不会在天空中某个地方擦肩而过呢？

一到泷本站，一种山上未曾有过的闷热感立刻袭来。坐着巴士下山的路上，我也越来越觉得难受。并不仅仅是因为气温的升高，还因为空气也浑浊了。

更悲伤的是，随着身上逐渐被这浑浊所污染，我脑子里对畏的记忆也在逐渐模糊。

在御岳山站的月台上，我掂了掂背着的帆布包，抬头寻找山顶的位置，然而那里像是拉了一张白色的幕布似的，藏在了大雾里面，看不到任何踪迹。

我坐在湿漉漉的长椅上，开始试图回忆畏的声音和面庞。在我看来，比起年幼夭折这件事，被人遗忘是更加可怜的事情。

然而，刚一这么想，畏的脸便像裹在一层浓雾中一样，完全消失了。

如今，不用舅舅来帮我决定，畏真的已经变成了我的梦了。唯一没有变成梦的，是那首在去奥津城的路上畏教我的歌。尽管我连歌词是什么意思都不懂，但是每一词、每一句，我都牢牢地记在了心底。

"无所担心无所惧，吾乃镰仓好男儿。正义武断之名义，一喝于世天下寂。"

反复哼唱着随性的曲子，乌云密布的心情一下子变得豁然开朗了。

我从椅子上站起来，开始等待那声汽笛声的传来，宣告这个夏天的结束。

第六章

宵宫的客人

1

那个晚上，孩子们正专心听故事，窗外传来杉树林中大雨哗哗的声音。突然间，像是为了盖过这雨声似的，不知从何处传来特别悲怆的笙的声音。

"那天晚上，你们祖父也像这样在排练奏乐的曲子。虽然他不管怎么修行都没有获得灵力，但却是一个多才多艺的人，笙、笛、筚篥都非常擅长。有可能你们中也有人会成为音乐家哦。"

因为御岳山里御师们的家都分布得比较远，如果是别人家里的声音，是不可能传到这里来的。也就是说，那天晚上，吹笙的声音应该是来自于舅舅吧。

"明天谁做童仆啊？"

被姨母这么一问，好几只小手立马从被子里伸了出来。

"唉？你这个家伙呢？"

我默默地摇了摇头。

虽然母亲是这么告诉我的，我自己也是真心为了这件事情才上山的，但是当我看到金襕衣的一瞬间，突然间觉得十分害怕，于是瞬间打消了这个念头。

被追了好几圈之后，舅舅终于发话说："既然你这么勉强，看来也不适合担当此事。"于是我才终于解脱了出来。

如果雨还一直这么下的话，童仆队伍也许会被取消的吧。那我刚才还又哭又逃的，真是白费功夫了。

刚这么一想，姨母便坐在我枕边，像是看穿了我的内心一般，将脸靠近我。

然后，千登世姨母穿着寡妇一样的黑色和服，背挺得笔直的，开始讲述一个我从未听过的从前的故事。

"这位客人是在一个大雨倾盆的夜里，沿着崎岖的山道而来的。他戴着三度笠（大斗笠），后衣下摆塞在腰间……"

千登世姨母继续往下说。

2

父亲坐在大殿里的御神前，简单地穿着平日的便服，悠悠地吹着笙。

虽然父亲说自己是在练习太神乐，但是千登世觉得父亲这样子怎么看都不像是在排练。接下来她发现，家人们都聚在这里听父亲吹奏，连女仆和帮佣们也在关了雨户的走廊上坐着听。背后那些年幼的美眉们，也都一副意犹未尽的样子。

平日里和女婿比较疏远的祖父，如今也抚着白胡子，陶醉在乐曲之中。

说起来，父亲和笙、筚篥之类的乐器之间的因缘，还是祖父启蒙的呢。实际上，父亲十分有天赋，祖父已经没什么能教他的了。入赘十年了，父亲已经完全可以自己主持神乐的舞曲了。

祖父与父亲，大概是用各自不同的方式在和神交流吧。

那日，御岳山迎来了一场春日的暴雨。这场暴雨雨势极大，连杉树林里的树木也全都变得东倒西歪。尽管如此，山上的一切事宜都在有条不紊地进行着。历年的五月八日山上都会举行祭祀活动，山上的人一心惦记着第二天大祭的准备工作，从来没有因暴雨而中断过。

正当人们沉醉于笙的美妙中时，大门口传来了敲门的声音。

祖父站了起来。

宿坊并不等于一般的旅馆，是用来接待信徒的，因此，不管前来的人是谁，有神职在身的祖父和父亲，都必须穿上筒裤前去迎接。

然而，笙的声音并没有中断。父亲是个一旦投入到演奏中便会忘我的人，耳朵和眼睛都会屏蔽掉外界的纷扰，一心沉醉于乐声中。

千登世跟在祖父的后面去了大门口。

祖父穿着浅葱色的筒裤，在黑暗中的回廊里穿行。前方屋顶下的式台上，站着一个黝黑而发亮的人影，特别像地沟里的老鼠。

祖父从袖中拿出火柴，点燃了旁边的行灯。虽然在大门口也有装夜灯，但是出生于电力普及之前的祖父，一直有点蜡烛行走的习惯。

接着，祖父对着这位深夜到访的客人，恭敬地问道："请问，您有何贵干？"

可能全身湿透的身体已经冻僵了吧，来人回答的声音有些异样。

"今日，山下所有的旅馆都住满了参拜的信徒。我、我并不知道会有祭祀活动便上山来了，虽然深知过于勉强，但您能否让我住宿一晚？"

祖父并没有马上回答他，而是像要确认来人身份似的一直盯着他。

"果然，是难为您了吧？我只需要一个能住的小房间就行。不，现在这么大雨，住哪儿都没有任何怨言的。大师，您能否为我通融通融？"

宿坊里并不是不能让单独的参拜客住宿，但是，祖父比较讨厌分不清旅馆和宿坊的客人。因为神官并不是客栈的主人。

千登世担心，对这些礼仪要求十分严格的祖父，会对人家大动肝火。

果然，祖父用十分强硬的语气说："既然是有求于人，请先拿掉帽子，掀起的衣襟也请好好整理一下吧。"

祖父说得很有道理，千登世觉得。

即使是祭祀前夜，但是天气原因，应该也有很多讲社的人在犹豫着是否要上山，所以说宿坊不可能都住满了，空着的房间还多着呢。

"啊，您这么要求，必定不会不顾仁义，也不会残忍地拒绝我了。"

男子拿下破烂的斗笠，整理了一下已经湿漉漉的和服。

他放在式台上的头陀袋非常特别，如果有人用它一前一后担着两个行李的话，那么这个人看起来就像是一个凶神恶煞的逃犯无疑。

然而，在提灯下显现出来的脸，居然是一张又白又细窄的脸，与他豪放的语气和粗鲁的举动甚为不搭。

"答案是肯定的，请进吧。"

这样的结果的确是祖父的作风，在骂你的时候，便一定会实现你的要求。

在山道附近有很多宿坊，在被不断地拒绝之后，这个男子在离山顶最近的铃木家住了下来。

千登世见祖父这么宽容，便终于放下心来。

"千登世，去把你母亲叫过来。"

千登世被祖父命令道。

千登世立即去找母亲。

"母亲，这么晚来客人了哦。"

母亲跟着千登世出了门。

可是，刚出了大门，母亲便呆住不动了。

"怎么了，母亲？"千登世握着母亲的手问道。

然而母亲仍然呆立着看着石台上的人，一动不动。

"一个人。"

祖父回头看了一眼母亲，刻意加重语气说。

"是，一位客人是吧。"

母亲像是在努力使自己镇定下来一般，把手放在胸口上回答。

"怎么了，母亲？"

"没怎么，突然来了客人，有点吃惊而已。"

母亲将男子带到浴室后，便去厨房准备晚饭。母亲也不需要女仆们帮忙，而是亲自洗菜，放油，放食材，调味。

母亲突然沉默不语的样子让千登世很担心，千登世一直陪在一旁。

"那位客人不是坏人。如果是坏人的话，祖父会有感应的。"

千登世知道母亲的血液中也继承了家传的灵力，所以母亲肯定感应到了什么不好的东西。但是既然祖父允许他进来了，那母亲肯定是过虑了吧。

"是啊，祖父都这么说了，肯定没错的。"母亲尽量平静地说。

但是不知为什么，料理台上放着两个食盒。

"那个，母亲，只有一位客人。"

母亲竟生硬地小声说："这是御供。"

御供是供给神明的食物。可能因为明天是祭祀大会，所以在前夜给神明供上饭团吧。千登世心里这么想。

然而并非如此。

母亲有点犹豫地说："那位客人并非一个人。你虽然看不到，但是他有带另一位客人一起过来，她在大门口的边上一直埋头坐着。你祖父是可怜那个女人，所以才让他们住宿的。这件事，你不要跟任何人讲，好不好？"

千登世一副惊恐欲哭的表情点着头。母亲看见了看不见的东西，但她为什么要这么直白地告诉自己啊？

父亲吹奏的笙，好像没有尽头般，一直在继续着。千登世从厨房逃出来，奔到御神前，一把抱住了父亲的背。

是父亲的笙的声音引来了逝去的人吗？或者，如祖父所言，父亲吹奏的是镇魂曲？

不久，春日的暴雨渐渐远去，但千登世的内心却一直不安。她一边迷迷糊糊地打着盹儿，一边想着：果然，父亲和祖父是在用不同的方式和神交流啊。

3

"当时我以为你们的祖母是在试探我，一般她是不可能跟孩子说那么恐怖的事情来吓唬孩子的。所以，当她看到我快哭的样子时，一下子就放松了。能看到看不见的东西这种能力，并没有什么好处。"

千登世姨母的故事让孩子们都觉得毛骨悚然。

"如果不能安静地听下去，那我们就讲到这里吧。后续的故事，大家在梦里听的话会比较好呢。"

孩子们都争相要求听后面的故事，无论如何都不敢在梦里去听这后面的故事了。

雨依然没有半分要停的意思，把窗户上歪着的玻璃拍得哗哗作响，舅舅的笙的声音依然从外面传来。

这个时候，一个表兄弟说了一句："如果能看见妖怪就好了。"

然而，孩子堆里立刻出现了反对的声音："看不见才更好。"

这次这些孩子并没有被姨母骂，她好像在寻找没有加入议论的孩子似的。

我小声说了一句："看不见更好。"因为那样的话，就不用说谎了。

雨声中的笙的声音重新响起为止，姨母一直默不作声。

"昭和初年建好缆车之前，要上山，就必须得花两个小时爬山。米和酒都是背上来的。在泽井的小学上学的人，每天天不亮就出门，天黑了才回家。所以，那么晚了才来客人也不是很稀奇的事。但是，在那么大的雨里还上山的人，就非同寻常了。对了对了，那两个客人住的就是这个房间。"

孩子们再次发出了悲鸣声，好多被吓得钻进了被子里。

让我全身起鸡皮疙瘩的，倒不是我们跟那两个客人住在同一间房里这件事，而是姨母用了"那两个客人"这样的形容。

如果我也在大正初年的那个晚上的话，应该也会看见那个其他人看不见的客人吧——那个在大门的横框处低头坐着的、全身湿透的女人。她那干枯的颈后垂着乱蓬蓬的发髻，跟在完全那个没有意识到她的存在的男人身后，去了浴室。

传说中，死人是不能洗澡的。在男人十分舒服地洗澡的时候，女人只有在地板上站着发呆，或者又垂着头坐在一边。然后，她又紧紧地附在男子背后，上到大台阶，进入这间屋子。

很快，祖母便拿着两份食盒上来了。

"你们祖父后来把那天晚上发生的事原原本本地讲给了我听。他笑着说，虽然能看到看不到的东西没什么好处，但是也不能明明看见了却说看不见吧。"

在我不断地在脑子里胡思乱想之时，姨母又继续讲故事了。

4

　　"诚如您所见，我乃侍奉神明之人，世俗的一切都与我无关，请不必有任何顾虑。"

　　隔着屏障听到父亲在说话，伊津在走廊上停下了脚步。幸好别的房间的客人都已经睡了，此刻很安静，风雨声中，隐约能听清房间里的低语声。

　　在行灯的光照下，两个相对而坐的人影映照在屏障上。

　　父亲抚着白须，继续说：

　　"您请放心，我与世俗一切皆无关，不会报警或是叫人来的。但是在大祭前夜，您这般前来，必定是受了神的指引。那么我便不得不遵照神意，为您除祓了。"

　　影子上的男人把手从搭在肩上的棉服中拿出来，一副不以为然的样子，疑惑地摸着下巴。

　　"大师，那是一种买卖吗？"

　　"非也，不收取一文钱。"

　　"那，是要我捐香油钱？"

　　"真是冥顽不灵，说不要就是不要。"

　　"不是，您意思是说我有什么不好的事，然后算计着要讹我钱吧？如果您是打的这个主意，那我也只有拒绝在这里留宿了，虽然得来并不容易。打扰了。"

男人的影子站了起来。

伊津想，就是现在了。

她走了进去，双膝并列行礼，道："打扰一下。"

"哇，哇，真是安排周翔的孩子呢！在我饿得要死的时候，拿来这些所谓的御神酒吧？这么说来的话，的确是很难拒绝啊。但是，大师，您那什么被什么事的，就饶了我吧。如果是和这位小姐一起对饮的话，我倒是十分乐意。"

房间里，除了这对对坐的主客，在行灯的旁边，头发凌乱的女人低头坐着。

伊津将食盒先放到她的膝前。

"请慢用。"

女人稍微抬起惨白的小脸看了看伊津，然后十分恭敬地回了礼。

伊津正视着她的脸，这一瞬间，悲伤胜过了害怕，而后捂住了双眼，害怕眼泪流出来。

那是一个十七八岁的姑娘，长得十分端正漂亮。

接着，伊津把另一份食盒推到了男人的面前。

"干什么呢老板娘，你到底在干吗？"

男人的脸色突然间变了。

虽然他的眼睛看不到女人的样子，但是在行灯的旁边地板上，有一块屁股形状的湿了的地板，在灯光下映照了出来。

父亲叹了口气，低声道：

"所以才说必须要做祓事。老实说，不是要你做什么，在世俗中受苦的你与我无甚关系。但您带来的这位客人，就是我等的职责所在了。"

"啊——"男子惊恐地大叫一声便立刻瘫倒在地。刚开始他还能用一只手勉强支撑着摇摇欲坠的身体，后来渐渐支撑不住，突然就无力地倒下了。

看到他这样，伊津想，他肯定不是坏人。

男人用襟前的衣服压低声音，呜咽着。虽然从浴衣中露出了如同流氓身上一般的刺青，但完全感觉不到流氓那种凶神恶煞的气质。

"那个，大师，能、能不能……宽恕我？"男子哭着恳求道。

"所以我说了，我没有想对你怎么样。"

"如果做了祓事，我就能摆脱了吗？"

"你要怎么做是你自己决定的事。但是，如果你带来的这位能够超度升天的话，你就会轻松了。我能问问到底是怎么回事吗？"

为了镇魂术顺利举行，神官必须要将当事人的姓名、事情的经过之类的通过祓词解释给神明听，然后向神祈愿。

"你是说好听的话来唬我，然后再去叫警察？"

"世俗之法，与我无缘。"

伊津很惊讶。平日里急性子暴脾气的父亲，一旦在面对驱狐、镇魂之类的相关事情时，便会像换了一个人似的，特别有耐心。那个样子完全像一个握着菜刀的大厨，或是拿着刨子的木匠，身上有如匠人一般一心一意的精神。

然后，父亲最终说了一句对神主来说算是禁忌的话：

"我可以向神明起誓。"

行灯旁的女子，慢慢地抬起了惨白的脸。

5

"恕在下眼拙。

"久闻御岳山里藏有通晓驱狐镇魂等高明之术的大师，没想到原来就是大师您。

"大师料得不错，我是一个杀人犯，正在被警察通缉。即使这样，我也能想方设法逃出来，是因为我没有前科。而且因为我男，身上这刺青，也无法参军，所以别人很难找到我的行踪。

"我不是地痞无赖。我的职业是理发师。欧洲大战刚爆发的时候，我刚刚满二十岁。

"随后日本也参战了。为了不让我去军队，老板先是硬拉着我去理发店当学徒，然后绞尽脑汁地想到在我的左肩弄一个刺青。没想到的是，这样做果真就逃过了征兵。老板觉得，在下町做工人，身上有个刺青也没什么太奇怪的，总比去战场上挨枪子儿的强。

"我的亲生父亲在明治三十八年的奉天会战中战死了，现在的老板是我父亲三联队的战友。在我还上小学的时候，老板就收养了我。所以，不管用什么手段，他都不想让我去军队。他总是说：'你要是战死了，我死后有什么脸去见你父亲。'

"所以，我这怎么看都是甲等兵的合格身体，最终却没能吃上军队这碗饭。

"不过，不参军还有一个好处——如果杀了人，没有去过军队的人是很难被查出出身来历的，也就找不到任何线索。我平时爱玩爱混的地方也从不跟老板和老板娘讲，这样的话，他们就什么都不可能知道了。

"大师，我已经逃了差不多四个月了，盘缠也用光了，所以也没办法支付给您做祓事的报酬了，这样也没关系吗？"

"无妨，我对你自己的出身没什么兴趣。只是觉得，你亲手杀死的这个女人太过可怜。你现在陷入如此糟糕的状况，也是这个无法入极乐的冤魂一直跟着你的缘故。"

"不，大师，我的身体怎么样无所谓，请大师将她超度到极乐世界或者高天原吧。然后，在下还有一事相求。

"我的名字叫楠元正太，楠木的楠，元旦的元，正确的正，太子的太。但只是徒有其名而已。我在家中是长子。

"我这个同伴的名字——啊，说同伴就有点想不起来了。她姓佐藤，名字叫良。良字写的是片假名。唉，现在这样说出她的名字，真觉得是个寂寞的名字啊。

"她在葛饰的纺织工厂工作。虚岁十四岁的时候，她就被卖到了米泽的工厂。等年纪再大一点的时候，父母又把她要回来，卖到了东京。

"她是个很勇敢的女孩。一些光听听都会很愤怒的事情，她也能若无其事地说出来，好像是理所当然的一样。

"她说，跟米泽的工厂比，东京真是天堂。她在米泽当见习工人的时候，每天只有十五钱，其中八钱还要被收做伙食费。她每天要一直站着，纺织十六个小时，午休只有三十分钟。这一点都不正常，好吗？

"而在东京的话，工厂设备又好，还能坐着工作，每天只有十二个小时。午休之外，十点和三点还能再休息一会儿。每个月还有四天休息日。这样的话，就跟理发店差不多了。

"我们俩有着差不多的身世，所以第一次在向岛的堤坝上遇见的时候，便一见钟情。慢慢地，我们每次休息的日子里都会约出来见面。当然，理发师和女工人的休息时间是不可能完全吻合的。所以，满打满算，我们每个月里能有两天见面吧。

"她还经常说，东京的工厂待遇原来也不好，是因为前年出台的法律政策才变得这么好的。往后，这个社会也会变得越来越好的。所以，只要我们努力工作，就一定可以活下去，还会活得更好。

　　"结果呢，真的是这样的吗？的确，这个社会因战争而经济繁荣过，但是我不知道，穷人到底哪里变好了。物价不断上涨，穷人只是变得更穷了而已。

　　"老板也一直抱怨来着。理发店一直定的是二十钱，孩子半价。假若现在想涨价到三十钱的话，不知道客户们能不能接受。但是，我们也要吃饭啊。

　　"我刚小学毕业，就在理发店当学徒了。

　　"要做手艺人的话，老板并不会手把手教你，只是让你在一边看着，自己记下来，也就是见习而已。所以，待了一年后，我也只是看着老板干活而已。偶尔老板娘会吩咐我去买东西，或者递一下磨好的剪子、剃刀之类的活。

　　"因为身高不够，为了能好好见习，我一直穿着厚齿的高底木屐。这种木屐像天狗穿的似的，木屐齿得有差不多一尺高。如果不像这样锻炼自己，就不能成为一个能独当一面的理发师。

　　"第二年的时候，我终于能给客人洗头了。因为太矮的话会碰不到热水，所以我还是一直穿着高底的木屐。

　　"老板和老板娘都很照顾我。那时他们已经把我当成亲儿子一样对待了，还帮我付了我母亲的医药费。母亲的葬礼上，他们还哭了丧。

"所以，当他们告诉我说弄个文身时，我是一点都没怀疑或者觉得有什么奇怪的。老板也不是那种会有耐心给你解释原因的人。我想，他只是以此来告诉我——不许去军队，要当个理发师。

"不过，话少的老板在一次磨刀的时候，背对着我，迟疑地说过这么一句话：

"从父母那里得到的身体，与其被毁灭，还不如弄脏了保命比较好。

"老板的屁股里还残留着奉天会战的流弹碎片。我想，正因为他自己曾经在战场上吃尽了苦头，所以才说了那样一句话吧。"

6

"记得应该是去年除夕的事吧。

"理发店在除夕的钟声敲响前是不关门的。在送走了最后一个客人，正在收拾的时候，老板突然很奇怪地用特别严肃的语气说：'你已经耐心工作了十年以上了，也必须得开始考虑自己开家店，独当一面了。但是，你自己每个月存的那点钱是肯定不够的。所以，我跟老板娘商量过了，我要招你当女婿。

"我，我从来没想过这种事情。如果说到梦想，我的梦想就是将来有一家自己的小店，然后等我爱的那个姑娘长大，之后做我的新娘。我一点点存着自己的工钱，她也托法律的福，还清了债务。然后，只要老板允许我开一家分店，我就觉得满足了。不，如果他不给我开分店，我就自己出去，做一个流动的手艺人或者被另外的人雇用也可以。理发师的话，即使结婚了，也是能养活自己和家人的。

"但是我的这个梦想却始终没能说出口。我的心中开始打起了小算盘——等分店的事情一确定下来，就如此如此这般这般……毕竟，比起当一个流动的手艺人而言，这种日子真是好得多得多啊。

"人啊，是不能有任何算计的。这一点我渐渐深刻地意识到了。你想，如果我事先彻底坦白的话，老板肯定是不会说出招婿这种事的。即使如此，我想，他也会同意让我开一家分店的。

"但是，现在老板先开口了。

"我并不是承蒙很多人的恩情活到现在的人。对我来说，老板是唯一一个对我恩重如山的人。可是，像我这样一出生长大都无法自由选择的人，是不可能安于现状的。不管我怎么说，这些在正常家庭中出生、长大的人，是不可能明白我的心情的。

"老板有一个独生女儿。那个时候，她正好从洋裁学校毕业，住在美容学校的宿舍。从五六岁起，她就和我住在同一个屋檐下，一起长大，像亲兄妹一样。所以，我当时感到特别震惊。

"虽然说不上什么大小姐，但是她确实是大正新时代的画中所画的那种十分摩登的女孩子。老板说，到时候可以把店面扩大，把理发店和美容院开在一起，让我可以去试着做做看。

"但当时我因为老板刚刚说的入赘的事，脑子里面已经是一团混乱了。

"老板和老板娘好像都已经那样决定好了。本来也是，哪里会有笨蛋学徒拒绝当老板女婿的事啊。

"那一年的除夕夜我过得很煎熬。小姐也回到了家里，加上我住在他们家里，一家四口都到齐了。但是我实在不知道该怎么开口，说自己实际上已经有心仪的女孩子了。

"不，不不不，当时的我，根本就不是不知道怎么说，而是我的心里住了一个利欲熏心的魔鬼，把心爱的女人和小姐放在了一个天平上衡量了。

"你说不是这样？你说我是太重情义了？谢谢你还愿意袒护我这样的男人。

"但是，怎么样呢？

"我，并没有选择和爱的人在一起。思来想去，我越来越不知道该怎么办了。

"怎么样，大师，这样子的我，真的已经完全是一个无情无义的魔鬼了吧？

"不管怎么样，我觉得自己太无情、太愧疚了。开年后的休息日，我和她见面的时候，把存款全部取出来带去了。我想给她一笔分手费，却怎么也说不出分手的话。

　　"我自己心里盘算着，她也没有什么特别的嗜好，连一百块也会省下来存着。她之前剩下的债大概就是这么多了吧，她一定会原谅我的。

　　"不过，哪有这么便宜的事？她又不是妓女，怎么能用金钱就把人的心一笔勾销呢？

　　"看着她那张和平常一样的笑脸，我的心中还是觉得，即使对不起老板的养育之恩，我也想和她在一起。但是，当我一回到店里，心里又开始反悔，因为老板和老板娘已经完全把我当女婿的样子在对待了。

　　"我也想过，干脆跟小姐坦白，这样也会多一个帮手。我们是如同兄妹一样的关系，我觉得她一定会理解我的。

　　"小姐回来的那个星期天，我叫她出来一起晾衣服。然后，我跟她道了歉，但却说不出完整的话。结果，反倒给她造成了奇怪的误会。她害羞地说：'你别这样。'

　　"我觉得怪不好意思的。如果一点一点地有条理地讲，也不是什么特别难办到的事。老板、老板娘、小姐，还有她，都是那么好的人。只有我一个人是坏人。大家都努力想让我得到幸福，而我却抱着如此不堪的想法，一直在说谎。

"……那个，大师，我来这座山，并不是来向神明祈求什么的。

"我是在她那里听说的。她说，葛饰的工厂是一家很大的公司，每年成绩最好的女工会被带去住宿旅游。

"她经常把御岳山挂在嘴边。虽然山道险峻，但是到这里俯瞰的话，会发现东京看起来就像个庭院盆景似的。

"'能和你相遇，是御岳山神明的眷顾。我们什么时候一起去吧！'她完全像是在说自己的家乡一样。这么好的地方，我想我也一定要去看一看。

"然而，这种被神明眷顾的幸运，却被我变成了不幸。所以，我是来赎罪的。但是，山里突然出现了暴风雨，我想，这一定是神明在生我的气吧。

"正因为这样，所以当您刚刚说了那些让人恐惧的话的时候，我知道您应该不是在说谎或开玩笑。但是，为了不露馅儿，我才出言不逊的。

"她是一个温柔的女人，她没有想跟着来杀了我。因为，一起去爬御岳山，是我们两个的约定。

"对吧，小良？"

7

镇魂的祓事就趁着那个夜里举行了。

沐浴更衣以后，父亲穿着纯白的神官衣服，戴着乌帽，在厨房挥舞着杨桐树做的御币，净化这屋子里的火和水。

　　"此火乃天之香具山之清火，赐予你福气……"

　　"此水乃天之忍石之清水，赐予你幸运……"

　　然后，穿着纯白衣裤的伊津来到了御神前。

　　伊津是死者灵魂的依附体。

　　在御神前那个用厚厚的木板搭起的结界中，伊津的丈夫等候在那里，他还在鼓励着旁边端坐着的不明就里的男人。

　　父亲正端坐着念被词，丈夫开始吹起了笛子。整个屋子里，只有两根蜡烛是亮着的。

　　屋子里看不见女人的身影，但她不是消失了，而是在这御神前的黑暗中散去了形态，飘浮在某个地方。

　　和男子一样，这个女人也不明白现在是怎么回事，所以十分惊慌失措。

　　父亲用灵力把飘浮的魂魄集结到伊津的身体中，然后再超度灵魂归天。

　　念完被词后，父亲打开了一份奉书。那上面写着"楠元正太"和"佐藤良"。

　　父亲此刻正口若悬河般向神明讲述两人之间发生过的事情。

　　"楠元正太之所为，乃世间礼法之万死不足之罪。然其深切悔悟，求佐藤良之荒魂早登高天原。拳拳希冀，于御岳神前，畏畏以敬白如上……"

父亲好厉害啊，伊津想。除了名字什么都没写的奉书上，肯定写满了其他人看不见的话吧。

到现在为止，伊津虽然见识过很多次父亲灵力的高明之处，但是这种的还是第一次见。父亲一定是让某个神秘的家伙写好了奉词，然后大声地读了出来。

这时伊津忽然发现，丈夫也一边吹着笛子一边看着父亲的手，优美的笛声微微出现了颤抖。

男子跪伏在地上开始哭起来。哭声、笛声以及父亲的声音混杂在一处。

这时，那个灵魂进入了伊津的身体里，这种感觉，并不像是从空中落下来，而是像水一样，一点一点浸入的。

8

不，我不要什么钱。

不要说一百块，我一厘都不要。与其这样，你还不如在这里就杀了我吧！

不，这不是在威胁你，也不是讽刺你。只是我没有自杀的勇气。如果是深爱的你亲手杀了我，我一定不会痛，也不会觉得辛苦。

杀了我以后，请把我扔到隅田河里，这样的话我就会随着河水一直流到大海，那样就谁都找不到了。

在工厂里，每个月都有一两个人外出未归，那也是没有办法的事，所以他们也不会去找的，如果过了一个月还不回来的话，厂里就会在归乡者名簿里写上"逃走"二字。这样就可以了。因为，能得到外出许可的女工，都是即使赖了预支工钱也对工厂没有什么损失的人。法律上，最多也就这样了。

我猜，逃出去的女工有的人自杀了，有的死于路边，肯定也有被杀的。但是我没有听到过这些不幸的事。没有利用价值的女工就跟猫狗一样，没有任何区别，没有人会关心她们到底去了哪儿。

来东京的工厂以后，第一次被允许外出的时候，我害怕得不得了。这并不是因为东京很恐怖，而是感觉自己已经成了一个没有利用价值的人了。

下了东武电车后，伙伴们都特别兴奋地要去浅草看看。而当时的我看见了如同铁蛇腹一般的三途川的桥，便不由自主地想要过去看看。

然后，我站在向岛河岸边，望着河对岸的观音堂和十二阶发呆。

那个时候，你给了我一个团子，说："不嫌弃的话，你吃吧。"

我们坐在惜别的花下，什么话都没有说，只是眺望着远处的景色。那个时候，我的心情一下子就雨过天晴了。我想，也许我还不是没有任何作用的人。

对吧，正太先生？

相似的两个人在一起的话就会获得幸福。你虽然总是这样说，但我却不是这么想的。我觉得，相似的两个人在一起，那么不幸便会加倍。

而如果我生下腹中这个孩子，不幸就是三倍。

所以，请你一个人幸福下去。因为，比起三个人的不幸，一个人幸福要好过百倍千倍。

求求你，正太先生，我不想带着恨活着。

啊，谢谢你！果然你还是那个温柔的正太先生。

9

"迷茫流浪之灵魂，所谓罪孽，祓之清之。天津神国津神，八百万诸神共鉴，闻食敬白……"

在长长的祓词声中，仪式终于结束了。

撒了御币，然后再次跪拜以后，父亲恢复了稳重的声音，说："佐藤良施主的魂魄已归天了。"

伊津也很清楚地感觉到了她的离去，僵硬的身体突然失去了力气，全身起了一层鸡皮疙瘩。

那人蜷着身子，仍然沉浸在悲痛中。父亲站在一旁，等着他离去。

丈夫靠近男子，撩起净衣的袖子，拍了拍他的背。

"您还好吧？"

男人好像很感动似的点了点头。

"请稍作休息。祭礼上青梅的警察会过来巡查，你也不能一直待在这里。"

那时候，天好像已经亮了，风雨声渐渐远去，鸟鸣声渐渐传来了。

伊津想，庭院里开放的石楠花，如果没有凋落的话，那就太好了。

10

法螺贝的响声一起，房子里立刻就变得空荡荡的了。

不久，参拜的队伍便会从山道上上来。虽然千登世很想去看，但是她还是赌气似的蹲在大台阶上。

明明她都那么恳求父母让自己当童仆了，但是他们还是装作不明白似的，擅自就决定了不让她去。能加入童仆队伍的孩子好像只有男性。但是，明明天照大神和伊邪那美命都是女人啊，为什么童仆就只能是男孩子呢？真是想不明白。

今天的天气特别好，就好像昨天的那场暴风雨是一场梦似的，只是庭院里的石楠花在春日的阳光里开得似乎有点沉重。或许山上的樱花也已经开满了吧，到处都充满着一种甜甜的香气。

"哎呀，你在看家呢？"

从大台阶的上方传来一个声音。

千登世回头看去。

是昨天晚上那个客人。但是，不知是不是春日的阳光格外温暖的缘故，他和昨天看起来很不一样。

"客官，你不去看祭祀的队伍吗？"

"那你怎么不去看呢？"

"因为……"

千登世不知道该怎么解释，只有低下了头。

"一年一度的大祭，你却被留下来看家，真的是太可怜了，好像一个接受惩罚的小偷似的。"

面前伸过来一只大手。

"走吧，和哥哥一起去看看吧，如果是为客人带路的话，就不会有人骂你了吧？"

在握住他的手之前，千登世战战兢兢地看了他的周围一眼。

那个一起的客人，如今应该不在了吧？也有可能是因为千登世的眼睛看不见而已。

客人的手很漂亮，所以，在握住他的手之前，千登世把手在自己的腰封上用力地擦了一下。

在阳光下的走廊上，他们一边走着，千登世一边问了一句：

"客官，您是发结师傅（梳头师傅）吗？"

"是理发师。"

山上除了卖特产之外没有别的副业。只有一次，她被母亲带去青梅的镇上的发结师傅那儿，他还帮千登世编了额发。

每个月，理发师都会来一次山里，老板的后面总会跟着一个背着工具箱的小学徒。

"你是怎么知道这些的？"

"因为，祖父很喜欢你啊。"

去神社前，祖父会变成理发店的客人。比起秃了的头发，祖父胸前的长胡须好像更难打理。

"怎么？你看到过？"

"嗯，祖父，特别开心来着，不停地夸赞'手艺真是不错'呢。"

法螺贝的声音渐渐靠近了。大门口到处都能闻到一阵阵的花香。客人穿着脏脏的竹皮草鞋，斗笠并没有戴在头上而是夹在腋下，行李就只有一个头陀袋。

大门前，一夜之间铺满了开放的猪牙花和芝樱花，像是坐在东门的柏树皮屋顶上似的，雪白的山樱开满了枝头。

出了大门，他们下到杉树林前的小道，然后便朝着神社的方向走到道路的尽头。那里是观看日出和眺望关东平原的绝佳之所，也是观望队伍上山的特等席。

特别是在神代榉的根部那里，聚集了很多围观的客人。

在那附近警戒的巡查们，举着一个大喇叭一直喊："危险，危险，退后！退后！"然而当队伍通过的时候，并没有任何人听他们的忠告。

队伍来了。

先头是杵着金刚杖的山伏们，紧随其后的是非常严肃的、穿着铠甲的武者队列。

稻穗和杨桐队伍后面，是抬着白无垢（和服的一种）的净衣的神官的御舆。五代将军奉纳的御舆被称作"常宪院大人"，只在春日大祭的时候使用。

"低头——"

听到神官的声音，人们都忘记了围观，赶紧低下头。

巡查都摘了帽子，行了最大的深鞠躬之礼。

千登世也合掌行礼。

御舆在通过神代榉树下的时候，天空突然暗了下来，接着刮起了大风。用注连绳串起来的御币一下子便被吹翻了，人们都说，这是因为神明从这里经过了。

但是转眼间到了童仆队伍通过的时候，原本的春日的阳光洒在金襕衣和帽子上，闪闪发光，附近原先的喧杂声便又回来了。

哼！我才不要看什么童仆队列呢！

千登世这么想着，立刻转身回到了屋子里。

忽然，客人叫了一声："小姑娘！"

千登世回头一看。

客人在神代榉下，在斑驳的阳光中，举着鸭舌帽说："请代我向大家表达感谢。"

他拿着斗笠和头陀袋，敬了一个比见着常宪院大人时还要隆重的鞠躬礼。

"危险！危险！不是说了嘛！"巡查吹着警笛骂道。

千登世目送客人离开。她想着，如果客人要离开的话，肯定是需要一个人送一下才对，那么她就当这个人好了。可惜她还没有跟客人说"谢谢，欢迎下次光临"呢。

客人拍了一下忙得一团乱的巡查的肩，小声说了什么。巡查表现出一副很惊讶的样子。

难道是认识的人吗？二人又稍微说了几句话，便像好哥们儿似的，紧紧揽着对方的肩膀，在队伍过去之后，逆人流而下，由参道下山了。

千登世学着母亲的样子，低了低头行礼。

11

"故事就到这里。晚安吧大家。"

即便姨母在黑暗中这样说了，也没有谁回应她。

"晚安。"

只有我一个人过了好一会儿才回答了她。

不知什么时候，雨已经停了。玻璃窗外的夜空里繁星点点。舅舅吹奏笙的声音也已经停止了，房子里一片沉静。

姨母看了看我的脸。

明明她和母亲的年龄差距很大，大到了看起来几乎是母女的程度，但是，从她身上，我感觉到了如母亲一样的味道。

"明天去当童仆吧。你母亲会开心的。"

还没等我回答，姨母便出了房间。

那一年，是我人生中唯一一次作为童仆去神社。

第七章

天井里的春子

1

五月的例行大祭一过，御岳山便满是绽放的鲜花和绿芽。

并不像是一般的乡下地方，这里的春天完全像是接受神的指令似的，一转眼间便完成了季节转换。

梅花、樱花、辛夷花、石楠花都竞相开放着，这样的金色已经是语言所无法形容的了。

神的脾气也是反复无常，一场春日的暴雨袭来，一夜之间，所有的花都被打落，在空中飞扬起来。

我猜，我们的这位神明可能不喜欢花吧，御神前也没有摆放花的习惯。去奥津城扫墓的时候，人们也只拿着杨桐枝去，高天原也和花不怎么搭调。

花是文学创作中必不可少的要素，也是佛教信仰中的定律。

除此之外，在记忆中，几乎没有有关花的任何记述。太古的神明们将花看作大自然中的琐碎之物，或者也可能是觉得它的颜色和香气污染了磐石和常磐木吧。

如此，神山的花会在一夜之间被风雨所摧毁殆尽，也就可以明白是为什么了。

这样的春日，暴雨会被山顶神社的神官先行察觉。一旦发现西边的大菩萨岭上乌云密布、电闪雷鸣的话，就会立即通知山里的大师们。如果光是风雨还好，但如果还有雷电的话，对于海拔一千多米的集落来说，就十分有威胁性了。

春天的阳光即刻便昏暗下去，孩子们刚刚把走廊上的雨户都关上，舅舅便从神社回来了。

"把这些全部都打开。"舅舅说。

舅舅是在指责我们一直在嬉闹着关这些雨户吗？

"不是你想的那样，是神要从这里经过。"

年长的表兄说的话，当时的我并没有很明白。

孩子们又一次在走廊上走来走去，然后把雨户都收起来。

那时已经是夕阳西下的黄昏，天地一片昏黄，雷鸣声也渐渐靠近。

女仆们都急急急忙忙地跑到大台阶上，把玻璃窗户都打开。那个时候，二楼的房间里不断地有讲社的客人跑下来。大部分的人都不知道发生了什么事情，都一副不知所措、不安的样子，一个看起来像是负责人一样的老人站出来安抚大家。

2

"是神要从这里经过，大家不要担心。"

很快，家里所有的人都聚集到了大殿里。女仆们把被子从壁橱里都拿了出来。

不久，乌云从房顶上压下来，天空如夜晚般漆黑。雷鸣声在耳边炸响，闪电的光不断地在眼前炸开。

我害怕地裹着被子，死命地抓住了某个人。然而，还没等来得及看见神明现身，我已经在黑暗中被眼前的景象吓得目瞪口呆。

整座房子都处在一大片雷云里。突然，面向关东平原的内院金光一闪，巨大的光束从大殿里贯穿，直到长屋门。

虽然这只是短短的一瞬间，但是我真真切切地看到了像锯齿般锐利的闪电的形状，而且绝对不是我的幻觉。

随后接连传来新木断裂的声音，人群中开始出现惊恐的悲鸣声。悲鸣声持续不断，似乎是在确认倾听者是不是听力健全一样。

闪电可能是在云里的山上空横穿了过去，所以我坚信，那尖锐的光一定是神的身影。

我不知道"打开门窗让雷电通过"这样的做法是否有科学依据，但是我从来没有听说过有哪家御师的房子被雷劈中而烧毁的。也就是在那一次，我看到了"神渡"。

更神奇的是，房子的柱子、门楣上都没有一丝被灼伤的痕迹。山里也没有一丁点雷电经过的样子。也就是说，那个闪电从大厅里蹲着的人们的头顶穿过，并且避开了柱子这些障碍物，再从里门出去了。

这样的事情，与其说是自然界的放电现象，不如说是神渡，这的确会更有说服力一些。

我并不知道日语中"神"这个词语的来源。但是将"神"这个字拆开来看的话，"示"字像是供奉贡品的桌案，而"申"则像是闪电的形状。这么看的话，祭祀的时候用的纸垂，形状也很像闪电呢。

果然，我小时候看到的那个瞬间的光，肯定就是神出现了。

外国传入的神佛都有着爱人之心或者慈悲之心，有着人性的一面。但是日本自古以来的神是十分超然的，是让人类畏惧的存在。从这种意义上来说，不能将他们一概以宗教论之。

"十七八岁的妙龄女子，真是个漂亮的人呢！虽然被狐狸精附体的人大多是又年轻又漂亮的女孩子，但是那个人，真的是特别漂亮呢。"

千登世姨母又在枕边给我们讲故事了。

那天，正好是看见神渡的那个晚上。她本来是来责骂我们这些因为太兴奋而睡不着的小家伙们的，结果骂着骂着又被小家伙们缠着讲睡前故事。

讲社的客人也由于情绪太过高涨，都齐聚在二楼的房间里喝酒。孩子们则在神明经过的大殿里摆放上床铺准备休息。

从楼梯处不断传来客人们拍手的声音以及唱歌的声音。天花板上，脚步声也一直没有停歇。这么喧闹的环境，真的是挺影响我们听故事的心情的。

姨母可能多少也有些生气了，讲故事的声音比平时大了好几个分贝。

"名字啊？这个嘛，我平时都叫她结界，不记得她叫什么名字了，咋办？叫她无名氏姐姐好像也不太像话，那就……叫她春子吧，因为她是春天的时候来的。嗯，就叫春子好不好？"

孩子们预感到姨母会讲一个很恐怖的故事，所以大家都裹在被子里，怯生生地说："好。"

"那是很久很久以前的故事了，是大正那次地震灾害之前的事。那个时候我才十岁左右吧，畑中的姨母也才在泥井上小学，你们的舅舅那时候都还没到上学的年纪呢。"

我的母亲那个时候也还没有出生。大正年代，在我看来，真的是太久远的年代了。

"气候一变暖，狐精就会出现，也不知道这是为什么。可能是冬天的时候都在洞穴中睡觉，春天到了，醒来觉得肚子饿了，它们便出来吃人吧。"

御神前晃动的烛光将姨母的影子投射在孩子们的枕头上，拉得很长很长。

"那我们现在没关系的吧？"有谁不安地嘀咕道。

的确，这不是可以随便一笑了之的事情，因为御岳山现在已经进入风和日丽的春天了。

"不用担心，有神在保护你们。狐精是不会附到御岳山的孩子的身上的。"

目睹了神渡以后，家人们曾聚在一起喝了些神酒，姨母此刻看起来有点醉了的样子。

"困了的话就睡吧，也不是特别有意思的故事。"

姨母伸直了穿着黑色和服的背，开始讲述起春子的故事。

3

没有缆车的时代，青梅线的终点是二俣尾。从御岳山顶到泽井小学的这一条路，并不好走。

虽然冬天的时候会有仆人提着灯接送我们上下山，但是随着白日变长，年幼的姐妹们便不得不手拉着手，自己走路去上学了。

所以，春天和秋天的时候，我们是绝不能在路上有所耽搁的，不然就会被困在雾气迷蒙的杉树林中，听到天狗的笑声或者看到鬼火之类的。

山下的瀑布下有几个神官的家，在遇到暴风骤雨的时候可以去借宿一下，但是这也仅限于紧急的情况下。祖父一般都会这样非常严厉地告诫我们。

那个时代的孩子们都很自觉，不能无缘无故去人家家里添麻烦，做吃白饭的人。

那天，孩子们刚刚走到瀑布下，天色便渐渐昏暗了。千登世和姐妹们吃了一个金平糖后稍微恢复了些精神，便开始沿着曲折的山路往上爬。拐弯处的杉树上一般都会挂有纸垂的结绳，所以孩子们即使在浓雾中也不用担心会走错路。

在逼近一个很陡的坡时，孩子们看到有两个人坐在路边歇气。

那个看起来像是母亲的女人穿着飞白花纹和服，后襟撩了起来，另外一个则是短发、穿着洋装的年轻女孩子。看起来她们似乎是一对母女。

"啊，太好了，还以为自己迷路了。"

那个像是母亲的女人拍着胸口舒了一口气。

"已经是这个季节了，还是小心点吧。"姐姐用大人的口吻告诫二人。

千登世被眼前这个年轻女孩的美貌给惊呆了。傍晚时分，朦胧光线中，她的脸完全就像是新贴上的窗户纸一样白。她的头上戴着帽子，头发差不多刚刚到达颈部，洋装领口放得比较低，看起来有点冷。她的这身打扮，完全就像是女仆们经常翻阅的妇女杂志上的封面摩登女郎啊。

"你要去哪儿啊？"千登世问。

然而女孩儿只是微笑着，然后沉默。

母亲代他回答说："我们要去找铃木大师。是不是还很远啊？"

千登世和姐姐不约而同地相视一笑。为客人带路本来就是铃木家的人应该做的事，而且有她们一起的话，走夜路也就更加胆大了。如果带这么美丽的摩登女郎回家，女仆们一定会炸开了锅的。

"他是我祖父。"姐姐骄傲地说。

"哎呀，真的吗？看来真的是神明米指引我们了。"

"不过，铃木的发音不是二调，而是一调。"

跟随德川家康从熊野来到这里定居的铃木家族，在发音说话的时候还保留着关西腔。我永远忘不了每次学校的老师和朋友念错了姓氏的时候，姐姐们一个一个去纠正的样子。

千登世拉着美女姐姐的手开始走路。她的手上滑滑的，全是汗。

那个时候，不知从何处飘来一丝野兽的气味。为以防万一，千登世拿出挂在脖子上的铃铛摇了几下，但那种味道还是一直在鼻尖挥之不去。

"大胡子爷爷是非常有名的通晓驱狐术的大师。那些不堪被狐狸精控制的人会从日本各处赶过来，求大胡子爷爷给他们施法。有时候，狐狸精还会附在尊贵的公主殿下之类的人身上。一般来说，狐狸精大多喜欢附在有钱的小姐身上，因为她们比较自由。"

千登世姨母大声地用清亮的声音说。

"富裕人家的孩子才有被狐狸精控制的价值吧。或者是因为，驱狐是很花钱的，曾祖父施法过的人都是这些有钱人，所以才会给后辈们造成这种印象。不管怎么样，我所知道的一个被狐狸精控制的主人公，就和故事里的人有着相同的境遇，那是一个家里有一堆家仆、女佣侍候的美丽少女。但是，这个被称作春子的女人不一样，这个十七八岁的摩登女孩儿，是由她那窘困的母亲带来的。"

姨母开始讲春子来投奔祖父的经过。

"春子小姐的父亲早逝，母亲独自辛苦将她养大，也是独生女。但是，因为她容貌出众，因此被百货公司雇去做金门面的导购小姐。你看，东京的孩子们都知道的，就是那种穿着制服、戴着手套、像女演员一样的女人……"

大正时代对于我来说比较陌生。我并不知道，在走向战争前，居然也有过和现在一样和平的世界。我家就在东京伊势丹附近，祖母和母亲曾经好几次带我去那种百货公司逛。

"这个春子小姐有一个心仪的对象。休息日的时候，两个人会一起去约会。百货公司的休息日一般都不是周末，所以我猜，她的对象，应该也是同一家百货公司的店员吧。"

故事渐渐转了调子，女孩子们开始娇嗔起来。

"那时正是花开的季节。但是，还没等到达约定见面的地方，春子便在赤坂的丰川稻荷那满开的垂樱下，被狐狸精给迷住了，那时候她正在等车。稍微晚一点到那儿的男人发现，擦了口红的春子的嘴一直是噘着的。他以为她是因为自己迟到而生气了，但奇怪的是，她的眼珠子是对着的，像是斗鸡眼似的。尽管如此，他也没有想过她是被狐狸精附身了。于是，他一边哄着一边带她去了附近的茶餐厅。没想到，她竟然一声不吭地吃了好几人份的油炸豆腐寿司。看来，春子虽然不是有钱人，也不是公主，但是姿色实在出众，所以才会被狐狸精看上的。"

女孩儿们的娇嗔变成了悲鸣。

姨母仍然满不在乎地继续讲。

"因为你们也是美女，所以可千万要小心哦，不可以在晚上剪指甲，不可以将鞋子左右穿反。还有，不可以站在满开的垂樱树下。"

那天晚上的姨母状态有些兴奋。

我从母亲那里听说过，御岳山里有一间房，是专门关押被狐狸精迷住的人的牢房。

但是，我问了在这里出生长大的表兄妹们，却没有一个人知道。

连他们都不知道的话，我便只好自己去仓库、置物间之类的地方探查，然而都去遍了，也没有发现类似于牢房的地方。

驱狐的灵力到曾祖父为止便失传了。所以我想，牢房肯定也就被拆了吧。但是，光想想也是很恐怖的。比如孩子们都没有固定分配的房间，睡觉的时候都会随便从一个房间里搬来被子，如果刚好某个房间便是以前的牢房……

我越想越觉得毛骨悚然。

在这个建造年份都没有定论的房子里，所有的客房、走廊、楼梯、厕所……都充满了各种恐怖的故事。

我突然特别想去问问姨母和舅舅，看看以前那个牢房到底是在哪里。

我以前也曾经问过母亲，但她的回答总是模棱两可的，最后她也说不准这个房间到底是曾经有过，还是现在还一直保留着。那么，有的话，那个房间到底在哪儿？这恐怕是因为明治大正时期备受推崇的曾祖父的灵力，到现在来说却是让人不太愉快的东西，所以母亲便没有给我说太多吧。

这个先暂且不说，再说到姨母讲的故事吧。

春子住在赤坂新町的租的房子里。虽然母亲带她去过红十字医院，但是之后又被介绍到了青山脑科医院。

然而，她住了一个夏天的院也不见病情有任何好转，但医药费却已经让他们支撑不下去了。春子虽然食欲贪婪，但是她的身体却越来越瘦，只能靠安眠药和镇静剂入睡。之后，母女俩被医生所说的"大脑切除手术"给吓到了，连夜出了院，那个时候已经是冬天了。

那个时候，春子已经辞了工作，母亲也没有什么活干，只能靠着积蓄和朋友们的接济过活。

就这样，到了花开的季节，附近的老人送来了一个武藏御岳神社的神符。那符上是一个龇牙咧嘴的黑色猛兽的样子，写着"大口真神"四个字。

那是狗大人的护符。

春子看见这个护符很害怕，还引起了医生所说的"病情发作"。她不停地胡言乱语，然后疯疯癫癫、哼唧哼唧地叫着，来回乱跳。但是，一旦把神符拿近，她便立即变得规规矩矩的。

老人说的话虽然母女俩没听得太懂，但是大意应该是说青梅前面有一座叫御岳山的灵山，山上住着一个知晓驱狐术的高明的神官。

听到这里，母亲便立马带着女儿匆匆出发了。

她的脑子里没有地图的概念。她觉得，如果是在东京市的话，只要说郡、部，一般都不会太远，但是她完全没想到，御岳山会是离得这么远的神山。

沿着多摩川的溪流赶路的时候，太阳便开始在山间渐渐模糊了起来。从瀑布下到陡坡的时候，天已经全黑了。

母亲在二俣尾的派出所曾经打听过"会驱狐术的神官大人"的家，巡查十分怜悯地看了一眼春子，然后告诉了她们："哦哦，铃木大师啊！铃木一宫是吧？但是现在去的话，天可能就会黑了哦。"

母亲心想，如果自己力尽倒下，这时候恰逢春子暴走不自知的话，那也是神的意思了。眼下别无他法，她已经做好了用腰带勒死春子，然后再勒死自己的觉悟了。

之后，逐渐变黑，而她们已经完全没了力气，这时候，两个像双胞胎的姐妹出现在了母女的面前。

她想，她们一定是大口真神的化身。

4

"不不不，并非是您想的那样，她们不是什么神，如您所见，她们是我的孙女。"

祖父抚着胸前的胡须，笑着说。

"然而，在很久之前，御岳神社的确是有两位给迷路的日本武尊带路的一黑一白狗大人的。所以，这也许也是一种神意吧。"

祖父在讲述与神相关的话题时，一定会低头行礼。"御岳神社""日本武尊""狗大人""神意"，每每说到这些词时，他便会低头。

这种说话方式，会让听的人感觉他对神的虔诚。

虽然是突然来访，祖父对待她们却和接待殿下或者阁下的爱女并没有什么两样。

他把贫穷的母女俩带到御神前。

"她虽然现在还很老实，但是不知怎么的就会突然间控制不住。"

春子在母亲身边坐着，好像什么都看不见、什么也听不见似的。

"最初的情况都一样。她不知道这里是哪里，不知道这个老头是谁，所以便先老实待着看看。"

即使不是狐狸精，第一次来这个房间的人，一般也会大吃一惊的。这里既不是伽蓝的佛寺，也不是旅馆，就算是狐狸精，估计也是丈二和尚摸不着头脑。

"那个，大师。"

筋疲力尽的母亲犹豫着开口道。

"请不用担心。"

祖父读懂了这位母亲的心里话。

"有关钱财之事都请不必多虑。不管是身份尊贵之人还是市井的小姑娘，在神的眼里，都不过是凡人。况且在下秉承神意，也不会出现任何有违神意之举。"

她听到后，立刻感激地俯下身体哭起来。

祖父面向春子说："小姑娘。"

春子用健康人的声音回答说："是。"

她这是故意不显露出狐狸精的本性吗？千登世想着，不由得缩了缩脖子。

但是，祖父无视狐狸精，只是跟春子在交谈。

"我虽然未曾到过百货商场，但是被叫成百货店的话，一定什么东西都有卖的吧？"

"是的，什么都卖。"

春子的红唇微微笑着，像一朵绽放的花一样。

"听说食堂里有很多洋气的西餐，那是在几楼啊？"

"是，在七楼。"

"我还有其他好多想买的东西，我也不想一个一个去问了，你能不能帮我带个路？"

"好的，明白了。"

祖父的驱狐术便这样开始了。

5

趁着姨母歇口气的时候，我爬过去问她："姨母，牢房在哪里啊？"

孩子们可能都已经睡了吧。

姨母跪坐在地板上，把膝盖挪动到我身边坐下。

"现在怎么可能还有那种东西。"

"但是，母亲说有的。"

"她是吓你的。"

"以前是有的吧？"

"这……"

姨母的回答也是模棱两可的，和母亲的说辞一样。

"如果再问无聊的东西，那么故事就到这里结束吧。"

我不得不闭上了嘴。

姨母帮我掖了掖胸前的被子，那个时候，她的脸靠近了我的脸，我几乎能感觉到她的呼吸。

"你这小家伙，话又多，又不好好睡觉，真是一个难以对付的孩子啊！大胡子爷爷如果还在的话，肯定会整天骂你的。"

接着，姨母对着我一个人讲起了后面的故事。

6

每年总有那么些人，大概一个月一个的样子，会来拜托祖父用灵力帮他们驱狐。

因此，千登世已经见惯了被狐狸精迷住的人，就像医生的孩子见惯了病人一个道理。

每逢遇到这样的人，祖父一般都会安排他们住在挂满注连绳的客房，早晚到御神前做被事，断绝五谷，只喝用黑大豆熬的汤药，几日之后，狐狸精便会被驱除。

大部分的狐狸精在一入山后便老老实实的，并不会费太多周章便驱赶成功了。只有对付个别特别顽固厉害的狐狸精，祖父才会行法事。祖父会要求来者面向东方吐纳，去绫广的瀑布下修行，偶尔会半夜和祖父在御神前对坐，像问禅一样一问一答。这样，大多十天半个月，狐狸精也会被祛除了。

而且，很少会有需要用灵力才能驱除的狐狸精。

被这样的狐狸精附体的话，即使每天吃一升米的饭，喝一斗的水，也不会服从命令，对答的时候也能将祖父驳倒。面对这样的狐狸精，即使是祖父也会早早认输让他下山，其中也有失去下山机会的，最惨的还有死掉的。

像这种经历和结果，对这个家里的孩子来说，从懂事起就见怪不怪了。这种事情，并不是昨天或者今天才出现的，是三百年来便代代相传的——母亲、祖父还有他们的兄弟姐妹，对他们来说，都是平日里经常见到的事情。

"那个姐姐，很快就会好的吧？"

第二天早上，在上学的路上，姐姐说。

千登世也是这么想的。

姐妹俩像神前的小沙弥似的，讨论起狐狸精的优缺点来。

姐妹俩出门的时候，春子、母亲和佣人在一起，非常认真地在擦洗走廊。她们穿着旧的和服、挂着背带的样子，就像短期雇用的女仆。

春天的大祭之后，讲社团体的客人很多，所以家里会向山脚下的村里借点人手，雇用些女佣。

"我们走了。"

二人说着话，走到走廊上。这时候，女佣们都会恭敬地说："请一路小心。"

春子一直将她们目送到大门口的式台。她的穿着虽然和女仆一样，但是眉毛是认真描绘过的蛾眉，嘴唇上也涂了口红。

她把手放在腰间，低头鞠躬的动作，和平常在女性杂志上看到的百货小姐，简直一模一样。

然而，与姐妹俩所想的不同，春子身体里的狐狸精，怎么驱也驱赶不出来。

春子的表情，每天都在美丽的少女和狰狞的猛兽间来回转换。比如在外廊上正开心地说着什么的时候，她会突然间在一抬头的瞬间变成唇齿尖利、眼珠聚拢的狐狸的样子，周围的人都被吓得大叫一声，然后她又恢复成原来的春子。

傍晚的时候，一旦山里传来野兽的声音的话，她立刻就会光着脚跑出去，在竹林里跳来跳去，嘴里一直呜呜地叫。

夜里她的身上也会有一股子讨厌的气味。那种味道，跟那张用熊皮制成的地毯一样，那是好几代前的一位祖先在经过激烈搏斗后得到的。

在那种气味到处乱串的时候，不知从哪里传来了奇怪的声音。那种声音，既像是在很远的地方敲梆子，又像是在很近的地方锯柱子，还像是那种闭合情况不好的门嘎吱嘎吱响的声音，或者说，像是天花板里面有一个人拿着铁锤在往下砸似的。

最怪异的是，明明没有谁在倾听，但是却有一个声音在慢慢地讲话。

平时的春子虽然是一个话不多的人，但是狐狸精借着她的嘴巴，似乎有说不完的话。

"各位，听着，这是我在山王大人神山下的水池边住的时候的事了。盛夏时分，附近的大绳地（武士宅地）的警卫同僚们，在不当班的日子里，一般都会穿着兜裆布去游泳。正好那个时候，眼前的门开了，筑前福冈的黑田美浓守（武馆官职）大人的御驾从门里出来。同僚们正在水中玩得不亦乐乎，光着屁股对着大人，完全没有注意到他的到来。随从们随即叱责他们无礼，但这些人也是非常有傲气的武士，立即回道：'把警卫队的水下训练说成是无礼的人，才是真正的无礼之人吧？'双方拉锯之际，从大绳地骑马赶来的与力大人（官职，相当于现在的警察署长）来了。就这样，这件事变成了连千石俸禄的大人物都亲自出马解决的大事。如果我放任不管的话，可能会带来一场血雨腥风。于是，我便心生一计。我从穴中跳出来，跨过池子来到御驾中，附身到了美浓守大人的身上。之后，我就说：'各位在非当值的时候也勤于水中训练，真是深感欣慰。现在既然没有急着攻城之事，我也该好好训练训练了。'说时迟那时快，美浓守大人立刻穿着一个兜裆布就跳进了浑浊的水里。他以在玄海滩上与巨浪搏斗般的矫健身姿，开始轻快地游了起来……哦不，不是大人，而是借了他身体的我游了起来。这样一来，其他人都无话可说了。大家都纷纷跳下水，一时间，池子里变得像是在打水仗一样。真是可喜可贺，可喜可贺啊，哈哈！"

一直用这种高亮的声音讲话的人，肯定不是春子。

但是，它说的这个故事，却意外地挺有趣，特别是在没有灵力却艺术修养很高的父亲听起来。

于是，他没有在意祖父是否说话，而是先行开了口："但是，赤坂城的池子在进入新世纪后被填埋了吧？那之后您怎么样了？"

父亲问得十分真诚。

这个时候，祖父极力忍着没有骂父亲。其实，父亲是在用他的方式让狐狸精自己暴露出来。

狐狸精果然中了父亲的计。

"呐！好好听着！我从很早很早以前就住在池子旁边了。但是，你们也站在我这只因为你们人类而变得无家可归的狐狸的立场上想想看。我先是去了星冈，找到有旧交情的日枝山王大权现，我求他今后能收留我。但是他以狐狸精只能住在稻荷神社为由，极其冷漠地拒绝了我。我年岁日长，也不能出远门了。之后，我在赤坂城附近找了又找，终于找到了一家挂着大红灯笼的、漂亮的稻荷神社，那是大冈越前大人从领地的丰川请来的稻荷神。然而，尽管我苦苦求他们收留，他们却说：'野狐狸要懂得自己是什么身份。'呵呵，就这样，我也被他们拒之门外了。没办法，我只有在附近的小巷中安身，每天吃一些剩菜剩饭，与饲犬们争夺食物，这样才勉强活到今日。我并不是生性恶毒的狐狸，如果不是走投无路，又怎么会来祸害人呢？大师，您不觉得我很可怜吗？"

在当时，饿极了的老狐狸，偶然碰见了站在满开的樱花树下抬头赏花的春子，于是便附上了她的身体。它是迫不得已的，不这么做的话，它就会被饿死的。

虽然它的确占据了春子的身体，但是并没有做特别伤天害理的事，而且也没有故意反抗祖父的灵力。但是，它显然就是不离开春子的身体。

那日之后，祖父便停止使用驱狐术了。虽然明明没用多么大的灵力，然而祖父的斗志却渐渐削减了。

从那天起，祖父特地吩咐，每日三顿饭都要给它吃特别多的饭、油炸豆腐，还有一碗白酒。明明不应该让狐狸精这么肆意妄为的，父母私下里都怀疑，祖父是不是老糊涂了。

祖父看起来日渐憔悴。

要想使狐狸精屈服，必须要靠灵力才能做到。祖父现在手下留情，或者说投其所好，是特别危险的事。

但是，奇怪的是，春子身体中附上的狐狸精却并没有恣意妄为。后来到了登山客和避暑的客人到来的季节，狐狸精却还是一直住在春子的身体里，也并没有变得得意扬扬。

春子在家里变成了一个普通的工作人员，而祖父却明显变老了。

但是，事情不会一直是这个样子的。

7

千登世姨母盯着我的脸，从回忆中回过神来，对着我说：

"对了，有过这么一件事来着。有一天你们的祖父从神社值夜回来，大发雷霆，对着大胡子也大声责备来着。"

向来稳重的祖父责备大胡子爷爷？简直无法想象是什么样子。

"不是骂他，是发脾气。他说：'父亲，请适可而止吧！春子半夜躲到神社的神殿里，把供奉的酒、鱼、鸡都拿来吃了，搞得那里乱七八糟的！'"

我的眼前顿时出现一个画面：在社殿的黑暗中，一个女人揪掉鸡的毛，抱着鸡肉坐在地上喝血吃肉。

"祖父是一个特别机灵的人，他把春子赶走之后，立即派人打扫了社殿，说这是猴子偷了御酒喝。他非常愤怒。他说：'这样的事再发生第二次的话，就不能再把错推到猴子身上了。那可是对神的大不敬啊！这样好吗，父亲？今明两天之内，请您一定要想想办法。'"

那个地方，一定是面向东面开放的里廊吧，也就是闪电形状的神明经过、夏天的凉风吹过的地方吧。那里，倒是正好适合年迈的曾祖父在那里轻松地休息一会儿。

我仿佛看到了那个被女婿责备、弓着背的老人的样子。

曾祖父低声道：

"即使这样，一个老人，又怎么能对另一个老人做出过分的事呢？"

8

千登世再也忍不住了，她跑去找春子。

在里门的青翠的枫树树荫下，春子呆呆地站在那里眺望着风景。那个地方的视野很好，东边耸立着日出山，能遥遥地望到筑波山到江之岛的风景。

春子在阳光下低垂着长着短发的脖颈，看上去十分哀伤的样子。她是在思念已经回到东京的母亲，或者是曾经的恋人吧。又或许，是她身体里那只无家可归的老狐狸在怀念赤坂的家。

"姐姐——"

千登世拉了拉她的袖子。

"祖父和父亲好像很苦恼。以后你不要再做坏事了，好不好？"

春子把脸埋在手掌中，细细的指尖缝里传出了哭泣的声音，时不时又变成了哼唧哼唧的声音。

那时她们已经一起住了三个月了，千登世已经完全不害怕春子了。但是女仆中还是有人觉得狐狸精很坏，因此很讨厌她。

"呜呜……"

"哼唧……"

一个身体里面交织出现两种哭声，是春子在哭，还是身体里的老狐狸在哭呢？他们为什么难过，对千登世来说，还很难理解。

千登世想，祖父一定也是因为不明白，所以才死心了吧。

9

那个夜里，千登世被祖父指定为依童。

大殿的御神前围上了门板，点着明灯。

斋戒沐浴后穿着净衣的祖父端坐着，父亲吹着石笛，千登世被打扮成小巫女的样子，坐在一旁。

她只需要老老实实地坐着就行。神需要依靠纯洁的童女，把祖父的灵力引出来。

千登世不知道神的类别，只是因为这次当依童，才感觉到有不同的神的存在。御岳山遍布着八百万的各路神明，也都是在变的吧。

春子觉得很奇怪。

"奉高天原混亲神漏岐、神漏美之命，八百万神明集结矣，神力以传世……"

在祖父念被词的时候，突然一声雷鸣，打破了夜里的沉寂。

"大师，怎么样了？"父亲停止了吹笛，问道。

"神请渡。"

支起的门板被打开，走廊上的雨户也一枚一枚被打开。狂风吹了进来，将御岳神前的纸垂吹得东倒西歪。

祖父和春子对峙着。

"吾虽已年七十，但深知，在数百岁的您面前讲话，失礼了。"

石笛声突然停了，父亲十分地慌张。

祖父的声音听起来并不是神的声音。

"父亲！"

祖父一扬手，制止了忍不住的父亲。

"非也。世上并不是年龄大就一定了不起。你也算活了挺长日子了，差不多应该能明白我的心情吧？"

神怒了。

雷声阵阵，地动山摇。

父亲已经无法再去责备违背神意的祖父了。他害怕地蹲下了身子，闪电一在院子里炸开，他便立刻将作为依童的自己的孩子抱在了怀中。

春子一边流泪一边飘浮到空中，哼唧哼唧地大声叫着。

"想要依赖人的同情心的话，也请适可而止吧！你的举动，让这位比山王大人、丰川大人都善良的女孩子吃苦，你到底是在盼望些什么呢？难道不觉得羞愧吗？"

祖父是用人的声音在说服他。狐狸精痛苦地扭动着身体，不停地哭着。

在颤抖的父亲的臂弯中，千登世并不明白现在到底发生了什么事。

祖父没有念平日里举行法事的咒语，也没有结印，只是跪在狐狸精面前讲道理。侍奉神明的人，如今在做着违背神明的事情。

"您已经活了几百年了，你到底在怕什么？真正怕的不该是神，而是人的情感。要珍惜名声！"

大殿的黑暗被闪电撕裂，神从这里经过了。

她从惊恐中抬起头，发现春子仰身躺在地上，握着御币端坐的祖父，白胡子上微微冒着烟。

千登世觉得，祖父可能已经死了。

10

"那个狐狸精很可怜。我想，它并不想占用春子的身体。只是，它家乡的山崩了，池子也被填埋了，它成了一只无家可归的野狐狸了。"

千登世姨母悲伤地说。

不知什么时候，天花板上的脚踏声和人声都没了。这个房子，像是躺在神的掌心中似的睡着了。

"从那天晚上开始，春子被关在天花板里面的房间里，这样的话，她就不能再做坏事了。"我迷迷糊糊地听姨母继续讲。

天花板的房间里？我从来不知道这里还有这样的地方啊。也许，那就是母亲所说的牢房吧。我迷迷糊糊地想着。

"现在也有吗？"

我半梦半醒地问。

"在女仆们的房间里的某个壁橱里，糊着唐纸，很难找的吧。"

那天，姨母好像已经讲了这个故事的结尾，但那时的我已经睡着了，不记得了。

第二天，因为有散饼的活动，所有孩子和佣人都准时聚集到了鸟居前的广场上。

讲社的弟子们在宿坊的外廊散钱和饼，然后再去鸟居前的石阶上做同样的事情，最后上到神社奉纳御神乐。

散饼对山上的孩子和佣人来说，都是一件很开心的事，如果有谁听到哪里有这种活动，人们都会放下手中的工作跑过去的。

我趁着混乱的时候回到了房子里。

朝北的女仆房间没有阳光，还有一种潮湿的臭气。我一张张地打开壁橱的唐纸，不久，眼前忽然出现了一件没有被子的暗格。

暗格里有一把又窄又陡的梯子。我从内部关上门，慢慢等眼睛适应黑暗。

沿着梯子往上爬的时候，我不小心撞到了头，一块看起来用很结实的木头结合的板子嵌在那里。

当下，我心想，这里果然是牢房啊！

这里并没有上锁，用力一推，格子木板便朝水平方向被推开了。

北面的明窗里，洒下几缕午后的阳光。巨大的木箱、有家纹的装铠甲的箱子、铺着被子的登山轿，都整整齐齐地摆放在这里。

虽然这些东西上都满布尘埃，但用指尖轻轻一抹，便像是用湿布擦过一般，呈现出黑亮亮的漆。

就在我对这些东西好奇的时候，睡前故事的结局突然在耳边响起。

那是梦中的姨母的声音。

我靠在一个不知道什么年代的柜子上，抱着膝盖坐下。

11

春子被关起来后，井上的格子门被上了锁，所以那里被称作牢房，可能也是因为这样吧。

每天，女仆们会把御神前撤下的饭做成小饭团，然后再倒一茶碗水，递给春子。

但是春子都没有动过。

她在装嫁妆的木柜前沉默地坐着，一直哭。

那不是狐狸精在哭，而是心地善良的春子在哭。偶尔她也会发出"哼唧哼唧"的狐狸的叫声。但是那个声音渐渐变小，后来就只剩春子的声音了。

就这么过了好几天，一个雨后的早上，我拿着饭团和水，上去一看，在柜子前，春子的身体缩成一团，安静地睡着。那张脸，看上去十分安详。

然后——

一只狐狸，枕着春子细白的手，已经死了。

它看上去像猫一样小小的、干干的。模样有一些龇牙咧嘴，看起来十分痛苦。它像树枝一样瘦的手放在春子的胸口，春子的另一只手握着狐狸精的尾巴。

我想，它应该是在断气前说了"谢谢"或者"对不起"吧。

这个时候，祖父和父亲来了。

看到这个样子，父亲哭了。

祖父确认了一下春子的气息，放心了下来。

"在小姑娘醒来之前，把这些都收拾好。"

被祖父这么命令后，父亲哭着抱着老狐狸精的身体，站起来。

"您是知道的吧？"父亲问。

"算是吧。老人不吃不喝的话，是撑不了多久的。"

到底是狐狸精自己放弃了摄入食物，还是春子坚持这么做的，没人知道。但是不管是哪样，这都是一件很悲伤的事情。所以我便不再往下想了。

"这不是与自己无关的事情。"

"不要再说这些没有意义的事情了。"

父亲听到这句后，便像抱婴儿一样，抱着干枯的狐狸精的身体下楼了。

"小姐。"

祖父摇醒了春子。

春子打了一个大哈欠，瞠目结舌地望着我们。她的表情，好像是在问："这是哪里？我在做什么？"

外表漂亮的美人有很多，而这么美丽的女子，估计就寥寥无几了吧？

"你长大以后也要找这么漂亮的女孩子，好不好？从今以后，如果犯错，就会变成狐狸，跟姨母拉钩！"

12

明明应该是已经睡着了，但姨母的话，我至今还记得。

在很久以前，在春子和老狐狸精倒下的这个天花板内部的房间，我用手掌依依不舍地抚摸着。这并不是悲伤，而是感觉，生命的灼热感到现在还存留着。

我知道姨母一定要讲到最后的理由。但是，我不认为附在春子身上的狐狸精是坏人。

从天花板里的房间出来，站到走廊下的时候，我觉得连阴天都有一丝晃眼。从山上的社殿上传来太古神乐的钟鼓声。即使祖父和曾祖父也都已经归天，但是在太古便流传下来的神乐中，我依然能感觉到，祖父他们的魂魄还在某处停留着。

驱狐术，在医学还未发达前，在民间一直被认为是有效的精神疗法。但是听完姨母详细讲述完的故事以后，我怎么也不相信这只是这么单纯的东西。

可惜，家传的秘术在曾祖父那一代便失传了。也不知是必然还是偶然，他的一个玄孙，如今成了精神科医生。

到现在，我也经常梦见只是见过几张照片的曾祖父。但是那个梦里的曾祖父，用现代精神科医生的话来解释，就好像是荣格心理学里的"老闲人"一样的存在。与神很近的曾祖父，却哪里也不像神。所以我想，荣格所说的这个称呼，可能更加适合他吧。

日本御岳山，武蔵御岳神社